P[illegible]NE

La Flèche jaune

Traduit du russe par
Galia Ackerman
et Pierre Lorrain

Avec une postface de
Bernard Cohen

Illustrations
de Stéphane Richard

ÉDITIONS MILLE ET UNE NUITS

PELEVINE
n° 91

Texte intégral.
Titre original : *Joltaïa strela.*

ISBN : 2-84205-034-7

PELEVINE

La Flèche jaune

La Flèche jaune

12

L'habituel boucan matinal réveilla Andreï : jurons dans la queue pour les toilettes qui s'allongeait déjà dans le couloir, cris désespérés d'un bébé derrière une fine paroi et ronflements tout proches. Pendant quelques minutes, il tenta de lutter contre le jour naissant, mais la radio se mit en marche. Des flots de musique envahirent l'air, comme déversés par une énorme marmite de cantine.

« Ce qui compte le plus, expliqua le haut-parleur invisible, tout près de sa tête, c'est la disposition dans laquelle vous entrez dans la nouvelle journée. Que celle d'aujourd'hui vous soit légère, joyeuse et baignée de soleil. Voilà ce que vous souhaite la chanteuse populaire d'Estonie, Gouna Tamas. »

Andreï mit les pieds par terre et les poussa à tâtons à la recherche de ses chaussures. Sur la couchette d'en face, Piotr Sergueïevitch ronflait comme un bienheureux. À en juger par les mouvements énergiques de son dos et de son fondement, recouverts d'un drap aux tampons bleus triangulaires, il avait encore l'intention de passer un bon moment dans les bras de Morphée. Ni le salut matinal de Gouna Tamas ni les voix dans le couloir n'avaient de prise sur Piotr Sergueïevitch. Hélas, son armure invisible n'était d'aucune aide à autrui et, pour Andreï, le nouveau jour commença irrévocablement.

Il s'habilla, but un demi-verre de thé froid, puis décrocha de la patère sa serviette brodée d'un coq à deux têtes. Il ramassa sa trousse de toilette et sortit dans le couloir. Un Caucasien barbu qui répondait au nom d'Abel était le dernier de la file : son gros visage rond n'avait pas son expression candide habituelle et même la brosse à dents courte qu'il serrait dans son poing en jaillissait comme un poignard.

– Je suis derrière toi, dit Andreï. Je vais fumer une clope en attendant, d'accord ?

– T'en fais pas, répondit Abel, sombrement.

Lorsque le lourd battant à l'oculus couvert de crachats claqua derrière lui – un graffiti profondément gravé y indiquait « Locomotive est champion » –, Andreï se rappela qu'il n'avait plus de cigarettes depuis la veille. Heureusement, un joueur de bonneteau professionnel s'était installé juste derrière la porte et quelques personnes l'entouraient. Andreï demanda une *dorojnaïa* à un badaud et resta à ses côtés.

Le joueur était vieux et ridé comme un singe moribond : une boîte de bière vide pour ramasser les aumônes lui aurait mieux convenu que les trois gobelets en plastique qu'il remuait lentement sur son carton. En fait, ce devait être un patriarche et un maître : deux hommes d'un gabarit impressionnant l'assistaient. Ils portaient des vestes rougeâtres du même modèle, confectionnées par des prisonniers politiques chinois dans un cuir de piètre qualité, et ils gagnaient à tour de rôle à leur mentor des billets neufs de cinq mille roubles qu'il leur tendait en silence, sans même lever les yeux.

Andreï s'écarta et s'adossa à la paroi, près d'une fenêtre. La radio l'avait bien vu : c'était vraiment une journée magnifique. Les rayons obliques du soleil touchaient parfois la calvitie du joueur, au gré de ses mouvements. Alors, les touffes rares de ses cheveux gris se transformaient instantanément en nimbe radieux, et ses manipulations sur le carton devenaient les gestes sacrés d'une religion oubliée.

– Eh, toi ! s'écria l'un des assistants en relevant la tête. Arrête de nous enfumer. On manque d'air ici.

Andreï ne dit rien. Il pensa à une lettre adressée au courrier des lecteurs d'un journal : au secours, frères et sœurs, j'ai entendu qu'on nous vole même l'air.

– Tu es sourd ? répéta l'assistant en se redressant de toute sa taille.

Andreï ne répondit toujours pas. L'autre avait tort selon tous les standards : ce n'était pas son territoire.

– Je tourne, je remue, je veux gagner beaucoup, grinça soudain le joueur.

Sans doute était-ce un signal convenu : l'assistant comprit, secoua la tête et revint à sa querelle interrompue avec son coéquipier. Andreï aspira une dernière bouffée et jeta le mégot à leurs pieds.

Dans la queue, son tour venait d'arriver. Abel était parti quelque part et seule une femme, un nourrisson dans les bras, était avant lui. Contre toute attente, tout se passa rapidement.

Andreï s'enferma, ouvrit le robinet et regarda son visage dans le miroir. Il pensa que ces cinq dernières années ne l'avaient pas rendu plus adulte ou âgé, mais qu'il avait simplement perdu de l'actualité, comme les pantalons pattes d'éléphant, la méditation transcendantale ou le groupe Fleetwood Mac. Ces derniers temps, des visages très différents étaient à la mode, dans le style des années trente, avant la guerre, ce qui ouvrait la porte à des conclusions d'une portée considérable. Andreï laissa les conclusions se débrouiller seules, se brossa les dents, se débarbouilla et retourna chez lui.

Piotr Sergueïevitch était déjà debout. Il s'était assis devant la tablette et, tout en se grattant, feuilletait un vieux numéro de *Chemin* qu'Andreï avait échangé contre une canette de bière, la veille, chez un gitan, mais qu'il n'avait pas encore lu.

– Bonjour, Andreï, fit Piotr Sergueïevitch. En pointant l'index sur le journal, il commenta : On dit ici que l'existence de l'homme des neiges vient d'être démontrée.

– Bonjour, Piotr Sergueïevitch, répliqua Andreï. Ce sont des fadaises. Vous avez de nouveau ronflé toute la nuit.

– Pas possible. C'est vrai, ça ?

– Vrai de vrai.

– T'as pas sifflé ?

– Et comment que j'ai sifflé ! confirma Andreï. Mais

sans résultat. Dès que vous êtes sur le dos, vous vous mettez à ronfler et, alors, tout est inutile. Vous feriez mieux de vous attacher pour dormir sur le côté. Vous vous rappelez ? Vous l'avez fait l'année dernière.

– Je m'en souviens, acquiesça Piotr Sergueïevitch. Mais j'étais plus jeune. Maintenant, je ne pourrais plus dormir comme ça. Oh, quel malheur ! Tout ça, c'est à cause de mes nerfs. Avant ces foutues réformes, mon Andreï, je n'avais jamais ronflé. Allons ! Nous allons bien inventer quelque chose.

– Que dit-on d'autre ? demanda Andreï en pointant le menton vers le journal. Il fallait vite orienter les pensées de Piotr Sergueïevitch dans une autre direction pour l'empêcher de se plonger dans les souvenirs d'avant les réformes.

En suivant du doigt les lignes, sur la page verdâtre du canard, Piotr Sergueïevitch se mit à raconter l'éditorial, qu'il émaillait de jurons monotones. Andreï opinait et posait des questions tout en ruminant ses plans pour la journée. D'abord aller prendre son petit déjeuner et, ensuite, passer chez Khan pour une raison qu'il ne parvenait pas à formuler clairement.

11

Le restaurant, un local long et étroit équipé d'une dizaine de tables peu confortables, était encore vide, mais une odeur de brûlé flottait déjà dans l'air, comme si quelque chose de pourri avait cramé. Andreï s'assit à sa place habituelle, près de la fenêtre, le dos tourné à la caisse, et regarda le menu en plissant les yeux à cause du soleil. Il n'y avait que de la bouillie de millet, du thé et du cognac azéri. Andreï intercepta le regard du serveur et hocha affirmativement du chef. Comme le garçon lui retournait un sourire interrogatif, en fermant les doigts autour d'un petit verre imaginaire, il refusa en secouant latéralement la tête.

La chaude lumière du soleil tombait sur la nappe maculée de taches poisseuses et de miettes, et Andreï envisagea dans toute son ampleur la tragédie de ces millions de rayons : naître à la surface de l'astre du jour et voyager à travers le vide infini de l'espace, tout cela pour s'éteindre sur les restes répugnants de la soupe de la veille… Et le pire était que toutes ces flèches jaunes qui tombaient obliquement par la fenêtre pouvaient fort bien posséder une conscience, l'espoir d'une vie meilleure et le sentiment de la vanité de cet espoir. Tout comme l'homme, elles disposaient peut-être de tous les ingrédients nécessaires pour souffrir.

Peut-être que quelqu'un me voit également comme une flèche jaune tombant sur une nappe. Et la vie n'est qu'une vitre sale à travers laquelle je vole. Je tombe et je tombe pendant Dieu sait combien d'années, vers la table, devant l'assiette, et quelqu'un regarde le menu et attend son petit déjeuner...

Andreï leva les yeux vers la télé, dans un coin, et vit un quelconque visage connu ouvrir une bouche sans son devant trois micros marron. Puis la caméra se tourna vers deux hommes qui se bousculaient furieusement près d'un autre micro, avec ce freudisme russe sans vergogne, en se tirant l'un l'autre par leurs cravates rouges et identiques.

Le serveur s'approcha et posa le petit déjeuner sur la table. Andreï contempla l'écuelle d'aluminium remplie de millet où fondait un morceau de beurre, comme un petit soleil. Il n'avait aucune envie de manger, mais se mit à avaler stoïquement la bouillie tiède en se disant que, dans le meilleur des cas, il ne reviendrait pas au restaurant avant le soir.

Les clients s'étaient mis à arriver, et leurs voix emplissaient peu à peu le local. Andreï avait l'impression que, en réalité, le silence demeurait intact, bien que quelques bruits irritants fussent apparus en son sein. Le silence ressemblait au millet dans l'écuelle : il était aussi dense et collant. Il déformait les voix qui résonnaient brusquement et hystériquement sur son fond. À la table voisine, on parlait fort de l'homme des neiges qu'une vieille folle aurait aperçu la veille. Andreï prêta d'abord l'oreille à la conversation, puis cessa d'écouter.

Un homme aux cheveux gris et aux joues rouges s'installa face à lui. Il portait une stricte tunique noire, ornée de petites croix argentées sur les revers.

– Bon appétit, dit-il en souriant.

– Laissez tomber, fit Andreï.

– Pourquoi êtes-vous donc si sombre ? demanda l'autre avec étonnement.

– Et pourquoi êtes-vous si heureux ?

– Je ne suis pas heureux, je suis joyeux.

– Eh bien, moi, je ne suis pas sombre, mais pensif. Je réfléchis.

La bouillie terminée, il prit le verre de thé et entreprit de remuer pour faire fondre le sucre. Son vis-à-vis souriait toujours. Andreï se dit qu'il allait de nouveau parler, et tourna la cuillère plus vite dans le vain espoir de l'en dissuader.

– Penser, et parfois réfléchir, commença le convive en amorçant un mouvement de chef d'orchestre avec la main, est, naturellement, une activité utile et souvent indispensable dans la vie. Mais tout dépend de l'origine du processus, si l'on peut dire.

– Ah bon, il y a donc des points de départ différents ? s'enquit Andreï.

– Votre ironie n'est pas de mise, car ils existent en réalité. L'homme tente parfois de résoudre des problèmes dont la solution a été trouvée il y a des milliers d'années. Mais il ignore que quelqu'un y a réfléchi avant lui. Ou ne comprend pas que cette solution, qu'il connaît, s'applique précisément à son problème.

Andreï finit son thé.

– Ou peut-être, constata-t-il, que ce n'est pas vraiment son problème.

– En réalité, nous avons tous le même problème. Seules

la fierté et la bêtise nous empêchent de le reconnaître. L'homme, même s'il est très bon, est toujours faible quand il est seul. Il a besoin d'un appui, de quelque chose pour donner du sens à sa vie, de voir le reflet d'une harmonie supérieure dans tout ce qu'il fait, comme dans tout ce qu'il voit quotidiennement autour de lui.

Du doigt, il désigna la fenêtre. Andreï ne vit qu'une forêt derrière laquelle, près de l'horizon, trois énormes cheminées d'une centrale électrique ou d'une usine montaient vers le ciel. Elles étaient tellement larges, qu'elles ressemblaient plutôt à de gigantesques verres. Il se mit à rire.

– Qu'avez-vous ? demanda son vis-à-vis.

– Vous savez ? Je viens de m'imaginer un énorme moujik ivre, avec un accordéon, tellement grand qu'il atteint le ciel, et complètement débile. Il tient à peine debout, mais joue sur son accordéon et brame sempiternellement la même chanson idiote. Son instrument est tout gluant et brille à cause de cela. Et, quand d'en bas on remarque cette lueur, on l'appelle le reflet de l'harmonie supérieure.

L'autre esquissa une grimace.

– Rien de nouveau dans tout cela, affirma-t-il. La hiérarchie des démiurges, le monde imparfait difforme, et tout ce genre de choses, pour peu que vous vous intéressiez aux parallèles historiques. Bref, le gnosticisme. Mais il ne vous rendra jamais heureux, comprenez-vous ?

– Et comment ! s'écria Andreï. Quel mot horrible. Et qu'est-ce qui peut me rendre heureux ?

– La seule voie vers le bonheur, dit très sérieusement son interlocuteur, en tournant la fourchette dans son écuelle, c'est de trouver dans tout cela sens et beauté et de se soumettre au grand dessein. La vie véritable ne commence qu'après cela.

Andreï voulut lui demander quel était ce dessein, et à qui il appartenait, mais il se dit qu'en guise de réponse son interlocuteur lui donnerait nécessairement une quelconque brochure, et se tut.

– Sans doute avez-vous raison, estima-t-il en quittant la table. Merci pour la conversation. Excusez-moi, je suis simplement de mauvaise humeur, le matin, mais je vois que vous êtes un homme cultivé.

– Mais, c'est mon travail, fit l'homme. Je vous remercie. Prenez ceci. Comme souvenir.

Il lui tendit une petite brochure imprimée en couleur. Sur la couverture s'étalait le dessin d'une oreille incroyablement rose dans le pavillon de laquelle pénétrait une note métallique – à peu près de calibre douze –, dotée de deux petites ailes et toute brillante du reflet de l'harmonie supérieure. En le remerciant, Andreï fourra l'imprimé dans sa poche et se dirigea vers la sortie.

Il n'était pressé d'arriver nulle part, mais il marchait vite. De temps en temps, il heurtait des quidams qui, comme toujours à cette heure, flânaient en foule dans les couloirs étroits, et s'excusait. Ils regardaient par les fenêtres en souriant, et les taches projetées par les rayons du soleil tremblaient sur leurs visages. Parmi eux, un nombre inhabituel de femmes, jeunes mais déjà obèses, portaient des survêtements turcs. Des enfants silencieux tournaient autour d'elles, absorbés par l'étude empirique du monde environnant. Parfois, leurs maris, le maillot de corps flottant sur le pantalon, se tenaient à côté d'elles. Beaucoup avaient à la main une chope de bière.

Andreï sentit la nouvelle journée lui serrer déjà la vis en l'obligeant à penser à une multitude de choses qui ne l'intéressaient guère. Mais il n'y pouvait rien : les voix et les sensations de l'espace environnant pénétraient sans obstacle dans sa tête et tournoyaient là, comme les petites boules dans la sphère d'un loto, se transformant pour un instant en ses pensées propres. D'abord, tout fut rempli par les refrains infernaux crachés par les haut-parleurs invisibles, puis il se vit obligé de penser à une Nadejda inconnue à qui il fallait rendre visite après l'extinction des feux, après quoi on se mit à parler de la météo et Andreï loucha vers les fenêtres derrière lesquelles le vent du sud était censé se renforcer. Parfois, il passait à côté de groupes de badauds assemblés autour des autels dressés par d'autres joueurs de bonneteau. Le plus étrange était que tous ces joueurs et leurs assistants se ressemblaient et parlaient avec le même accent du Sud, comme s'ils appartenaient à une ethnie particulière où l'on étudiait depuis l'enfance l'art de cacher la boulette de polystyrène sous l'ongle sale du pouce et de faire bouger sur un carton les trois gobelets renversés. Au bout de quelques autres minutes, Andreï arriva enfin devant la porte de plastique jaunâtre marquée du chiffre « XV » et d'une éraflure qui ressemblait à une flèche pointée vers le haut.

Khan était seul. Assis devant la tablette, il buvait du thé en regardant par la fenêtre. Il portait, comme d'habitude, un jogging noir orné de l'inscription *Angels of California* qui provoquait chez Andreï de légers doutes au sujet des anges californiens. Il remarqua également que Khan ne s'était pas rasé depuis plusieurs jours et commençait à ressembler à Toshiro Mifune entrant dans la peau d'un nouveau rôle. La ressemblance était d'autant plus grande qu'il avait les yeux bridés à cause de son sang mongol.

– Salut, fit Andreï.

– Salut. Ferme la porte.

– Et si les voisins reviennent ?

– Ils ne reviendront pas, dit Khan.

Andreï ferma le battant, et le loquet nickelé claqua bruyamment. L'espace d'un instant, il eut un mauvais pressentiment : le bruit lui rappela celui d'une culasse que l'on arme. Tout de suite après, sa peur lui sembla ridicule.

– Assieds-toi, dit Khan en lui montrant la place en face de lui.

Andreï obtempéra.

– Quoi de neuf ?

– Rien, répondit Andreï. T'es-tu déjà demandé où sont passées les cinq dernières années ?

– Pourquoi précisément cinq ?

– Le nombre n'a pas d'importance, expliqua Andreï. Je dis « cinq » parce que je me souviens qu'il y a cinq ans, j'étais exactement le même que maintenant. Je me baladais partout en regardant autour de moi, comme aujourd'hui, et pensais la même chose. Et cinq autres années vont passer et ce sera encore pareil, comprends-tu ? Qu'as-tu à me regarder de cet air bizarre ?

– Ohé, fit Khan, reviens à toi !

– Mais je suis moi-même.

Khan hocha la tête.

– Dis-moi tout de suite, exigea-t-il, ce qu'est la flèche jaune !

Andreï, étonné, leva les yeux vers lui.

– C'est bizarre, constata-t-il. Aujourd'hui, au restaurant, je pensais justement aux flèches jaunes. Plus exactement, non pas aux flèches jaunes, mais comme ça. À la vie. Tu sais, la nappe était sale, et la lumière tombait dessus. J'ai pensé…

– Lève-toi.

– Pourquoi ?

– Lève-toi, lève-toi, répéta Khan en se redressant lui-même.

Andreï se mit debout, et Khan, le saisissant rudement par le col, entreprit de le secouer comme un prunier.

– Rappelle-toi ! dit-il. Pourquoi es-tu venu ici ?

– Bas les pattes ! dit Andreï. Tu es fou ? Je suis venu comme ça.

– Où nous trouvons-nous ? Qu'est-ce que tu entends ?

Andreï parvint à décrocher les mains de Khan de sa veste, plissa le front avec embarras et comprit soudain qu'il entendait le martèlement rythmique de l'acier frappant l'acier, ce cliquetis qui se manifestait en permanence, mais qui restait hors de sa conscience.

– C'est quoi la flèche jaune ? répéta Khan. Où sommes-nous ?

Il tourna le visage d'Andreï vers la fenêtre, et celui-ci vit les cimes des arbres passer à une vitesse folle, de gauche à droite, derrière la vitre.

– Alors ?

– Attends, fit Andreï, attends.

Il s'assit sur la couchette et se prit la tête dans les mains.

– Je me souviens, dit-il. « La Flèche jaune », c'est le train qui se dirige vers le pont détruit. Le train où nous nous trouvons.

10

– Sais-tu ce qui t'est arrivé ? demanda Khan.

– Vaguement. À première vue, il ne se passait rien d'extraordinaire. Je savais comment je m'appelais, je savais de quel compartiment je venais, mais tout se passait comme si j'étais quelqu'un d'autre. Je me sentais très bizarre, comme si se trouver dans telle ou telle voiture faisait une différence. Comme si rien n'avait de sens, ou si la nappe du restaurant était propre. Ou si l'on montrait d'autres gueules à la télé. Tu vois ?

– T'as pas besoin de m'expliquer, dit Khan. Simplement, t'es devenu passager pendant quelque temps.

Andreï quitta des yeux la fenêtre de la portière et fixa le mur de la plate-forme. Deux cadrans couverts de poussière étaient surmontés d'une inscription : « À vérifier tous les… ». L'espace qui suivait était blanc.

– Je suis toujours un passager, dit-il, et toi aussi.

– Un passager normal, expliqua Khan, ne se considère jamais comme tel. C'est pourquoi, si tu le sais, tu n'es plus un passager. Eux n'auront jamais l'idée que l'on puisse descendre de ce train. Pour eux, il n'y a rien à l'exception du train.

– Pour nous aussi, il n'y a rien sauf le train, constata Andreï sombrement. À condition, naturellement, de ne pas se mentir à soi-même.

Khan esquissa un sourire.

– Ne pas se mentir à soi-même, répéta-t-il lentement. Mais si nous ne nous mentons pas à nous-mêmes, il y aura toujours quelqu'un pour nous tromper. Et, pour tout dire, être capable de tromper ce que tu appelles « soi-même » peut être considéré comme un exploit, car, d'habitude, ça se passe à l'envers : c'est notre « soi-même » qui nous trompe. Savoir s'il existe quelque chose à part notre train n'a aucune importance. Ce qui compte, c'est de vivre comme si cette autre chose existait. Voilà toute la différence. Mais si tu essayes de l'expliquer aux passagers, ils ne te comprendront pas.

– As-tu essayé ? demanda Andreï.

– Oui. Ils ne comprennent même pas qu'ils sont dans un train.

– Mais c'est du délire. Des passagers qui ne comprennent pas qu'ils sont dans un train. Si quelqu'un t'entendait !

– Mais ils ne le comprennent pas. Pour de bon. Comment pourraient-ils comprendre ce qu'ils connaissent parfaitement ? Ils n'entendent même plus le bruit des roues.

– Oui, reconnut Andreï, ça, c'est exact. Je l'ai ressenti moi-même. Quand je suis entré au restaurant, j'ai même pensé : que c'est calme, quand il n'y a personne.

– Justement. Que c'est calme ! On entend même le tintement de la cuillère dans le verre. Retiens cela : lorsque l'homme n'entend plus le cliquetis des roues et est d'accord pour continuer le parcours, il devient un passager.

– Personne ne nous demande si l'on est d'accord ou non. Nous ne nous souvenons même pas de quelle manière nous nous sommes retrouvés ici. Nous voyageons, c'est tout. Il ne nous reste rien d'autre.

– Il reste la chose la plus compliquée dans la vie. Être dans le train sans être son passager, conclut Khan.

La porte du tambour s'ouvrit pour laisser passer le conducteur. Andreï reconnut son voisin de table, au restaurant. Maintenant, il portait une casquette. Sa vareuse, aux pattes de col ornées de marteaux croisés ou de clés de démontage argentées, était déboutonnée sur son bedon et sur un gilet de laine couleur framboise passé par-dessus la chemise noire de son uniforme. Il tournait distraitement autour de sa paume une corde attachée au symbole de sa fonction : une clé, petit cylindre nickelé à la poignée en forme de croix, dont il se servait tantôt comme coup-de-poing américain en cas de confrontation avec des passagers ivres, tantôt comme décapsuleur pour déboucher des bouteilles. Il reconnut également Andreï, lui fit un large sourire et le salua en portant trois doigts à sa visière.

– Qu'est-ce qu'il a à te montrer les dents ? demanda Khan quand le conducteur se trouva à l'autre bout du couloir.

– Rien. On a parlé à table. Que faire si cela arrive de nouveau ?

– Quoi ? demanda Khan. Parler au conducteur ?

– Non. Si je deviens de nouveau passager.

– Il faut simplement cesser de l'être, c'est tout. Cela nous arrive à tous, parfois.

– Qu'est-ce que cela veut dire, à tous ? Sommes-nous nombreux ?

– Je pense que oui, estima Khan. Nous devons être nombreux, seulement nous ne nous connaissons pas. Avant, nous étions nombreux, c'est sûr.

– Et dis-moi, quand as-tu entendu parler de tout cela pour la première fois ?

– Je ne sais pas, répondit Khan. Je ne les ai pas vus.

– Comment cela ? Comment as-tu pu apprendre quelque chose de gens que tu n'a pas vus ?

– Ben, comme ça, éluda Khan.

Andreï comprit qu'il ne voulait pas s'étendre davantage.

– Et où sont-ils maintenant ? demanda-t-il.

– Je crois qu'ils sont là-bas, dit Khan en faisant un signe de tête en direction de la fenêtre, derrière laquelle un champ d'herbe infini ondulait, comme un lac, au gré du vent.

– Sont-ils morts ?

– Ils sont descendus. Une nuit, quand le train s'est arrêté, ils ont ouvert la portière et sont partis.

– Je crois que tu te trompes quelque part, objecta Andreï. « La Flèche Jaune » ne s'arrête jamais. Tout le monde le sait.

– Écoute, dit Khan, reprends tes esprits. Les passagers ne savent pas comment s'appelle le train dans lequel ils voyagent. Ils ne savent même pas qu'ils sont des passagers. Que peuvent-ils donc savoir au juste ?

9

Dès qu'Andreï ouvrit la porte, il comprit qu'il s'était passé quelque chose. Des personnages en complet sombre se tenaient à l'entrée d'un compartiment. Une femme âgée couverte d'un châle noir pleurait. La radio ne marchait pas. En revanche, du compartiment où vivait Abel s'échappait une musique funèbre issue d'un petit magnétophone. Andreï entra chez lui.

– Que se passe-t-il ? demanda-t-il.

– Soskine, le voisin d'Abel, est mort, dit Piotr Sergueïevitch, en posant son livre de côté. C'est son enterrement.

– Quand cela s'est-il passé ?

– La nuit dernière. Et maintenant, on loge chez eux un type de la liste d'attente.

– Voilà pourquoi Abel était si sombre ce matin.

Andreï regarda le livre que lisait Piotr Sergueïevitch. C'était Pasternak, *Les Trains du matin*.

– Oui, fit Piotr Sergueïevitch, c'est juste. Cela n'a pas marché, son truc. Il voulait faire installer son frère. Tu comprends, lorsqu'un basané s'accroche quelque part, il cherche à faire venir tous les siens. Mais le brigadier a regardé ses papiers et lui a dit : ton frère est en couchettes alors qu'on a sur la liste d'attente plein de gens en wagons communs. Remarque, je ne pense pas qu'il fasse vraiment emménager ici quelqu'un des communs. Mais, Abel ne lui a pas bien graissé la patte, ou alors, il ne l'a pas graissée à la bonne personne, et son espoir s'est envolé en fumée !

Andreï se souvint qu'il n'avait toujours pas acheté de cigarettes.

– Il parle de quoi, ce livre ? demanda-t-il.

– Ben, répondit Piotr Sergueïevitch, de la vie, disons.

Il se replongea dans sa lecture. Andreï sortit dans le couloir, et s'arrêta près d'une fenêtre. On retirait déjà le corps du compartiment. Cela ne se faisait pas de fendre la foule des obsèques. D'ailleurs, la cérémonie était habituellement très courte.

Par la porte ouverte, apparut le profil pâle du mort, couché sur une planche en contre-plaqué portée par deux conducteurs. La planche, réservée à de telles occasions, était peinte en rouge sur les deux faces et en noir sur la tranche, ce qui la faisait ressembler à un drapeau de deuil. Personne ne savait très bien pourquoi on l'appelait porte-verre.

Le corps du défunt était couvert jusqu'au cou par une vieille couverture framboise. Abel apparut soudain et s'affaira près de la fenêtre en tentant de l'ouvrir. Comme elle ne cédait pas, quelques gars vinrent à la rescousse. En unissant leurs forces, ils parvinrent à baisser le châssis, ouvrant une fente d'une quarantaine de centimètres. La femme au châle noir se mit aussitôt à hurler et on la ramena dans le compartiment en la tenant par les aisselles. Les conducteurs soulevèrent le porte-verre avec précaution, passèrent l'une des extrémités par l'ouverture de la fenêtre et entreprirent de pousser le cadavre à l'extérieur. Ils s'activaient lentement pour ne pas blesser des gens par des gestes trop brusques. À un moment, Soskine manqua d'être bloqué, sa couverture accrochée au châssis.

À travers sa fenêtre, Andreï apercevait la tête morte dont les cheveux flottaient furieusement dans le vent : elle filait à trois mètres au-dessus du remblai, les yeux mi-clos tournés vers le ciel qui se couvrait peu à peu de hauts nuages bleus. En s'écartant de la paroi jaune du wagon, la tête subit quelques secousses et se mit à tomber. Un bout de la couverture framboise apparut furtivement, tandis qu'un bruit sourd retentissait, en bas. Une seconde plus tard, le coussin et la serviette du défunt suivirent la même trajectoire. La tradition était de les jeter.

Andreï était maintenant libre d'aller chercher ses cigarettes, mais il resta debout à regarder par la fenêtre. Au bout de quelques secondes, le talus vert disparut, les coups des roues contre les jointures des rails se firent plus retentissants, et les poutrelles rouillées d'un pont défilèrent. Derrière elles, on pouvait apercevoir la large bande bleue d'un fleuve inconnu.

8

Au restaurant, on repassait la même cassette éternelle, dont le dernier morceau, *Bridge over Troubled Water*, était coupé au milieu. Un ancien copain d'Andreï, Gricha Stroupine, était assis à une table. Il portait une veste en tweed à la mode avec l'insigne ailé du ministère des Transports accroché au revers. Ces badges coûtaient la peau des fesses, mais Gricha avait les moyens. Déjà sous les communistes, il vendait dans les couloirs des cigarettes et de la bière. Maintenant, il s'occupait de business à grande échelle. Face à lui, était assis un étranger aux cheveux ras qui mangeait du sarrasin et du caviar dans une écuelle en alu. Gricha remarqua le nouveau venu et se mit à lui faire des signes. En un instant, Andreï se glissa à une place libre à côté d'eux. Ces derniers temps, Gricha était devenu encore plus potelé, gai et frisé. À moins qu'il ne donnât cette impression parce qu'il était déjà un peu ivre.

– Salut, dit-il. Et il fit les présentations : Andreï, copain de ma sinistre enfance. Ivan, camarade de ma maturité et partenaire en affaires.

C'est donc un émigré, comprit Andreï. Ils se serrèrent la main en silence. Andreï parcourut les alentours du regard, à la recherche de visages connus. Il n'en trouva pas. Comme tous les jours, c'était plein de Finlandais et d'Arabes soûls.

– On boit un coup ? demanda Gricha. Andreï hocha affirmativement la tête, et son copain s'empara d'une chopine de « Spéciale chemins de fer » pour remplir trois verres.

– À notre business, proposa Gricha en levant le sien. Il fit un clin d'œil à Andreï. Sais-tu ce qu'est le business ?

– Je devine à peu près, fit Andreï en trinquant. La sonorité « baise-nous » laisse peu de place à l'équivoque. J'entends plein de mots nouveaux, ces derniers temps : business, gnosticisme, voucher, coprophagie…

– Ne nous écrase pas avec ta science, dit Gricha. Bois, plutôt.

– Oh, Grigori, intervint Ivan après avoir bu et expiré, j'ai failli oublier. Écoute bien, on me propose un grand lot de papier-toilette à l'effigie de Saddam Hussein. C'est un stock qui date d'après la guerre, lorsque la demande est tombée. Très bon marché. Combien cela peut-il bien coûter chez vous ?

– Ponctuellement, très cher, répondit Gricha. Mais je peux te dire tout de suite, Ivan, que globalement, l'affaire ne présente aucun intérêt : le marché réel du papier-toilette est limité aux voitures-lits. Et il est tellement étroit que cela ne vaut même pas la peine de s'y mettre.

– Et les wagons communs ? Et les places assises ? demanda Ivan.

– Dans les assises, le papier-toilette n'a jamais eu cours, et à cause de l'inflation, les communs passent aussi au papier journal.

– D'accord, dit Ivan. Je vois pour les communs. Mais pour les couchettes ? Les gens y ch… aussi quand même ?

– Pour l'instant, en tout cas, répondit Gricha. Mais en ce qui nous concerne, c'est inutile : aucun type de l'extérieur ne peut s'y frayer un chemin.

– Pourquoi ? insista Ivan. Et si tu vends moins cher ?

– Comment le pourrais-je ? Il faut moins lire le *Financial Times*. Si je vends moins cher un seul rouleau, on me jette vivant par la fenêtre. Je te dis, laisse tomber.

– Mais on peut pas s'occuper toute la vie de cigarettes et de bière, constata Ivan, en allumant une clope. Il faut passer à quelque chose de plus important. As-tu vérifié au sujet de l'aluminium ?

– Oui, acquiesça Gricha. Cela semble faisable.

– Quel est le schéma ?

– Devises-roubles-devises-devises-devises.

Ivan plissa les yeux une seconde, comme s'il voyait au loin quelque chose de brillant qui l'aveuglait.

– Eh ben ! fit-il.

Il sortit de sa poche une calculette et se plongea dans les calculs.

– Comment cela ? souffla Andreï à Gricha, à voix basse. Quel schéma ?

– Comment « comment » ? Tu paies au conducteur en chef, et il raye les petites cuillères du registre. C'est un homme sérieux : il n'accepte que des paiements en devises. Mais il ne le fait qu'à une seule condition : il faut casser les cuillères, car on n'a pas le droit de les faire passer intactes par le tambour de la douane. Si l'on se fait prendre, on risque de gros ennuis. Il faut donc avoir des casseurs. Ils acceptent les roubles, en gros dix pour cent de ce que prend le conducteur en chef. C'est la partie devises-roubles. Ensuite, il faut payer en devises encore trois fois : dans la voiture de l'état-major, au tambour de la douane et au racket.

– Mais comment compte-t-il ? chuchota Andreï en désignant Ivan. D'où sait-il combien il faut payer à qui ?

– Mais les cours sont publiés chaque jour. À l'achat et à la vente. Où est-ce que tu vis, toi ? J'ai l'impression que tu t'es détaché du monde réel depuis belle lurette. Tu colles toujours aux fesses de ce Khan ? À propos, c'est un nom ou un blaze ?

– C'est son nom. Et son blaze, si tu veux savoir, c'est « Soupape de sûreté ».

– C'est quoi ça ?

– C'est un truc sur les bouilloires, pour faire sortir la vapeur, expliqua Andreï. Avant, il travaillait à la bouilloire, il faisait bouillir de l'eau [1].

– Mon Dieu ! s'exclama Gricha. À la bouilloire ! Il ne te reste plus qu'à prendre un serveur de restaurant pour copain.

Ivan releva la tête.

– C'est correct, dit-il. On va le faire. Et pour le laiton, ça peut marcher aussi ?

– Ça, c'est plus dur, grimaça Gricha. En principe, le schéma est le même, mais tous les porte-verres [2] ont un numéro d'inventaire. Il faut donc un acte spécial pour rayer chacun du registre. Il faut payer le brigadier adjoint, et je ne peux pas l'atteindre directement. J'ai discuté avec l'un de ses secrétaires, mais il est très prudent.

1. Dans les trains soviétiques, les wagons étaient équipés de bouilloires spéciales qui permettaient aux conducteurs de faire du thé qu'ils vendaient au verre. (N.d.T.)
2. Supports de métal ciselé munis d'une anse pour prendre les verres de thé sans se brûler. (N.d.T.)

Dès qu'il a entendu le mot « porte-verre », il s'est débiné.

– Tu lui as expliqué les règles ? demanda Ivan.

– Pas encore. Il ne m'a pas l'air très joueur.

– D'accord, fit Ivan. Demain tu démarres avec les cuillères. Pour le laiton, on verra après.

Il se leva, prit poliment congé et se dirigea vers la sortie. Gricha l'accompagna du regard avant de se tourner vers Andreï.

– Il m'a invité récemment chez lui. Tu te rends compte, il n'y a que trois compartiments par voiture, avec salles de bain individuelles. Voilà ce qui s'appelle un niveau de vie...

– C'est quoi, ça, un niveau de vie ? demanda Andreï.

– Arrête, répliqua Gricha en faisant la moue. Je n'aime pas quand tu fais le clown. Buvons un coup, plutôt.

– Buvons. Écoute, réponds-moi franchement : tu n'as pas peur de t'occuper des porte-verre ?

Gricha ouvrit la bouche pour répondre, mais soudain, il resta rêveur et même ferma les yeux. Pendant quelques secondes, son visage devint immobile et mort. Seuls ses cheveux frisés bougeaient dans le courant d'air qui s'engouffrait par la fenêtre ouverte.

– Non, je n'ai pas peur, répondit-il enfin. Et les pensées noires, Andreï, je les chasse de ma tête.

7

– Khan, dit Andreï, explique-moi quand même. Comment as-tu pu apprendre quelque chose de gens que tu n'as jamais vus ?

– Pour apprendre quelque chose d'un homme, il n'est pas forcément nécessaire de le voir. On peut recevoir une lettre de lui.

– As-tu reçu une telle lettre ?

Khan acquiesça d'un signe de tête.

– Peux-tu me la montrer ?

– Oui, mais il faut aller loin.

À mesure qu'ils avançaient vers l'est, les wagons communs devenaient de plus en plus négligés, et les rideaux qui séparaient du couloir les sections bourrées de gens étaient de plus en plus sales. Il n'était pas sans danger de se balader dans ces endroits, même le matin. Parfois, il fallait enjamber des ivrognes couchés par terre ou bien céder le passage à ceux d'entre eux qui n'étaient pas encore tombés et endormis. Puis, ils arrivèrent aux voitures qui n'offraient que des places assises : bizarrement, l'air y était moins vicié et les passagers plus propres. Les hommes portaient de vieux survêtements, et les femmes, des robes pâles délavées. On avait dressé des cloisons improvisées entre les sièges, et sur des journaux ouverts par terre s'étalaient des cartes, des coquilles d'œufs, du lard. Dans un wagon, à trois endroits différents, trois groupes entonnaient la même chanson, accompagnés à la guitare. C'était *Le Train en feu* de Grebenchtchikov[1], mais ils ne chantaient pas à l'unisson : tandis qu'un groupe commençait, un autre terminait, et le troisième mâchait pâteusement le refrain, en le déformant. Ils disaient : « Ce train est en feu et nous n'avons plus où vivre », au lieu de « nous n'avons plus où courir ».

– À propos, au sujet des lettres, fit Khan en se baissant pour passer sous une corde à linge. Tu les as reçues, toi aussi. Plusieurs fois. On peut même dire que tu en reçois tous les jours. Et les autres aussi.

– Je ne comprends pas de quoi tu parles. En ce qui me concerne, je n'ai pas vu la moindre lettre.

– T'es-tu jamais demandé pourquoi notre train s'appelle « La Flèche jaune » ?

– Non, répondit Andreï. Je t'ai cru sur parole.

– Réfléchis bien.

Les voix, derrière les rideaux bariolés, changeaient peu à peu, et l'on remarquait bien l'accent du Sud. Après la voiture-prison, où un conducteur armé se promenait, en veste molletonnée et casquette devant les portes fermées, ils traversèrent des wagons incroyablement bondés, grouillant d'enfants gitans sales, comme un campement dans une décharge. Plus loin, c'étaient des voitures vides : on prétendait que, jadis, elles transportaient des voyageurs, mais il ne restait que des bancs nus, gravés d'inscriptions au canif. Les murs portaient des traces de feu et de balles. La moitié des vitres étaient cassées, et un vent frais s'engouffrait par les ouvertures. Le sol était

1. Musicien rock, très populaire en Russie.

jonché de débris : vieilles chaussures, journaux, bris de bouteilles. Au moment où Andreï voulut demander si c'était encore loin, Khan se retourna.

– Nous sommes presque arrivés, dit-il. C'est après le prochain tambour. Alors, pourquoi ce train s'appelle-t-il ainsi ?

– Je l'ignore, répondit Andreï. C'est peut-être lié à la mythologie. Ou peut-être que la nuit, lorsque toutes les fenêtres sont allumées, il ressemble, de l'extérieur, à une flèche volante. Mais dans ce cas, il a fallu que quelqu'un le voie de l'extérieur et qu'il revienne ensuite à l'intérieur du train.

– Ce n'est pas que du dehors qu'il ressemble à un train.

Ils passèrent sur la plate-forme de la voiture suivante. Khan fit un pas à gauche et ouvrit silencieusement une porte derrière laquelle béait la gueule noire d'un poêle rouillé. Sur le tuyau équipé d'un manomètre, pendait une serpillière momifiée. Dans les dernières voitures avant la frontière, l'eau chaude manquait depuis belle lurette. Visiblement, on n'avait plus allumé ce poêle depuis le début de la Peretsepka [1], une bonne dizaine d'années plus tôt.

– Regarde dans le coin, sur le mur, dit Khan. Fais de la lumière.

Andreï pénétra dans l'espace étroit et sombre, et frotta une allumette. Sur la paroi était gravée une inscription très ancienne et à peine lisible. C'étaient quelques

1. Littéralement, le « Réattelage », par analogie avec la Perestroïka (la Reconstruction).

propositions, écrites en capitales, sur une colonne, comme des vers :

CELUI QUI REJETTE LE MONDE,
LE COMPARE À LA POUSSIÈRE JAUNE.

TON CORPS RESSEMBLE À UNE BLESSURE,
ET TOI-MÊME, À UN FOU.

TOUT CE MONDE EST COMME
UNE FLÈCHE JAUNE QUI T'A ATTEINT.

LA FLÈCHE JAUNE, LE TRAIN DANS LEQUEL
TU TE DIRIGES VERS LE PONT DÉTRUIT.

– Qui a écrit cela ? demanda Andreï.
– Comment le saurais-je ? répondit Khan.
– Tu n'as pas une idée ?
– Non. Mais ça n'a pas d'importance. Il y a plein de lettres autour de nous, il ne manque que des lecteurs. Par exemple, le mot « Terre ». C'est aussi une lettre qui porte un message.
– Pourquoi ?
– Réfléchis. Imagine que tu te tiens près d'une fenêtre et regardes dehors. Maisons, potagers, squelettes, poteaux, bref, comme disent les intellectuels, civolisation.
– Tu veux dire civilisation ? corrigea Andreï.
– Oui, mais la plus grande partie de cette civ… ilisation est faite de morts, mêlés à des bouteilles et à des draps, en plusieurs couches, avec de l'herbe par-dessus. Ça s'appelle aussi la « terre ». Le même mot sert à désigner ce dans quoi les os pourrissent et le monde où nous

vivons. Nous sommes tous des habitants de la Terre. Des êtres d'outre-tombe, tu saisis ?

– Je comprends, acquiesça Andreï. Comment ne pas comprendre. Écoute, tu ne t'es jamais demandé d'où nous venons ? D'où vient ce train ?

– Non, répondit Khan. Cela ne m'intéresse pas des masses. Ce qui m'intéresse, c'est la manière d'en descendre. Demande aux conducteurs. Ils te diront d'où il vient, ce train.

– Oui, fit Andreï, songeur. Ils l'expliqueront, c'est sûr.

– On fait demi-tour ?

– Va devant. Je vais rester ici un peu. Je te rattraperai.

Lorsque Khan sortit, Andreï se tourna vers la fenêtre. Le fait de se trouver dans cet endroit désert provoquait en lui l'émergence d'idées inhabituelles, qui ne lui venaient jamais à l'esprit dans le restaurant, bien qu'il y eût là-bas tout le nécessaire à leur apparition.

Ce qu'il voyait dehors, en regardant un bout de remblai agrémenté d'un buisson ou d'un arbre filant dans le passé, c'était le point où il se trouvait la seconde d'avant. À supposer qu'il se fût trouvé dans la dernière voiture, il ne serait resté là que le vide et des branches remuantes des deux côtés des rails.

Si tout ce qui existait un instant auparavant ne disparaissait pas, pensait-il, *alors notre train et nous-mêmes, nous n'aurions pas l'air que nous avons. Nous serions étalés dans l'air au-dessus des traverses et ressemblerions à des serpents entrelacés à l'intérieur de bandes infinies de plastique, de verre et de fer. Mais tout disparaît. Chaque seconde passée disparaît avec tout ce qu'elle contenait, et nul ne sait ce qu'il sera à la seconde suivante. Ou s'il sera. Ou si Dieu n'en aura pas marre de créer, l'une après l'autre, ces secondes avec tout ce qu'elles recèlent. Car personne, absolument personne ne peut affirmer que la prochaine seconde aura lieu. Et le moment dans lequel nous vivons réellement est tellement court que nous ne sommes même pas en mesure de l'attraper. Nous ne pouvons que nous souvenir du moment d'avant. Mais qu'est-ce qui existe alors réellement et qui sommes-nous en réalité ?*

Andreï vit dans la vitre son reflet transparent et tenta de se représenter la manière dont il disparaissait pendant qu'un autre reflet apparaissait à sa place, et ainsi de suite.

Je veux descendre de ce train vivant. Je sais que c'est impossible, mais je le veux, car il serait dément de prétendre à autre chose. Et je sais que cette phrase : « Je veux descendre de ce train vivant », possède un sens, bien que les mots qui la composent n'aient pas de sens. Je ne sais même pas qui je suis. Qui donc va tenter de partir ? Et pour aller où ?

Il regarda de nouveau par la fenêtre. La nuit tombait et, déjà, il faisait presque noir. Le long du chemin, des bornes kilométriques apparaissaient parfois. On les distinguait bien dans l'obscurité, et elles ressemblaient à de petites sentinelles de pierre.

6

Andreï ouvrit à la page centrale le dernier numéro du *Chemin* et se plongea dans la rubrique « Rails et traverses » qui contenait d'habitude les articles les plus intéressants. Un titre en gros caractères barrait toute la partie supérieure de la feuille :

ANTHROPOLOGIE TOTALE

Il prit une position confortable, plia le journal en deux et se plongea dans la lecture :

« Le cliquetis des roues qui nous accompagne tous de la naissance à la mort est, naturellement, le son qui nous est le plus habituel. Les scientifiques ont calculé que, dans les langues des divers peuples, il existe environ vingt mille manières de le retranscrire, dont près de dix-huit mille correspondent à des langues mortes. La plupart de ces groupes de sons oubliés sont difficiles à reproduire verbalement pour la simple raison qu'il n'en existe que de brèves inscriptions qu'il n'est pas toujours possible de déchiffrer. Comme le dirait Paul Simon, ce sont des *songs that voices never share*. Mais les onomatopées dont nous disposons dans les langues contemporaines sont suffisamment variées et intéressantes : certains anthropologues les considèrent même comme des mots de passe culturels qui permettent à chacun de reconnaître ses voisins de wagon. Les pygmées du plateau Cannabis, en Afrique centrale, possèdent l'expression la plus longue : "Ou-kou-lé-lé-ou-kou-la-la-o-bé-o-bé-o-ba-o-ba". Quant à la plus courte, il s'agit du "p" occlusif des habitants de la Haute-Amazonie. Et voici comment sonnent les roues dans divers pays du monde :

En Amérique : “ginger-ale-ginger-ale”.

Dans les Pays baltes : “pa-douba-dam [1]”.

En Pologne : “pan-pan”.

Au Bengale : “tchoug-tchoung”.

Au Tibet : “dzog-tchen”.

En France : “cliquot-cliquot”.

Dans les républiques turcophones d’Asie centrale : “birsoum”, “birsom” et “bir-manat [2]”.

En Iran : “avdal-hallaj”.

En Irak : “djalal-iddi [3]”.

En Mongolie : “oulan-dalaï”. (Il est intéressant de noter qu’en Mongolie-Intérieure, les roues sonnent tout autrement : “oun-gher-khan-khan”.)

En Afghanistan : “nakchbandi-nakchbandi”.

En Perse : “karnak-zeboub”.

En Ukraine : “trikh-tararoukh [4]”.

En Allemagne : “vril-schrapp”.

Au Japon : “dodes-ka-zen”.

Chez les aborigènes d’Australie : “toul-oup”.

---

1. Chaque onomatopée possède un sens caché dans la langue du pays considéré. Nous nous bornerons à éclaircir celles qui possèdent un sens en russe ou qui concernent les pays de l’ex-URSS. Ici, une traduction conforme de « pa-douba-dam » pourrait être « crever-crever ».

2. « Cinq roubles » en kirghize, ouzbèque et turkmène.

3. En russe, la sonorité rappelle : « Tu l’as souhaité-vas-y. »

4. L’équivalent en français : « Bam-bada-bam ». Le Roukh est un mouvement nationaliste ukrainien.

Chez les peuples montagnards du Caucase et, ce qui est éloquent, chez les Basques : "darlan-bitch-son".

En Corée du Nord : "ouldou-tchou-tché".

En Corée du Sud : "douldou-kvan-oum".

Au Mexique (surtout, chez les Indiens Huichols) : "tonal-nagval".

En Iakoutie : "tydyn-tygydyn".

En Chine du Nord : "tsao-tsao-tan-tien".

En Chine du Sud : "dé-i-tchan-tchan".

En Inde : "bhaï-gosh".

En Géorgie : "koba-tsap[1]".

En Israël : "taki-bats-bouber-boum".

En Angleterre : "click-o-click" (en Écosse, "gluck-o-clock").

En Irlande : "bla-bla-bla".

En Argentine… »

Andreï sauta directement au bas de la page, là où l'énumération sur plusieurs longues colonnes se terminait par une brève conclusion :

« Mais, naturellement, c'est en Russie que le cliquetis des roues est le plus beau, le plus intime et le plus doux : "là-bas-là-bas". Leur son semble montrer l'aube lointaine et lumineuse : elle est là-bas là-bas elle est et l'aube est belle… »

On frappa à la porte, et Andreï porta la main vers la poignée dans un mouvement réflexe.

– Tu te grouilles un peu ? demanda la voix dans le couloir.

---

1. Koba était l'un des surnoms de Staline et « tsap » pourrait se rendre par « happer ».

– Tout de suite, répondit Andreï en froissant le journal en boule.

« Là-bas-là-bas », cliquetaient les roues sous le plancher mouillé, couvert de crachats, « là-bas-là-bas, là-bas-là-bas, là-bas-là-bas, là-bas-là-bas… »

Un enterrement provoquait un embouteillage dans le wagon voisin. Il y avait bien un passage, mais la foule avançait très lentement, en restant longtemps sans bouger.

– Badassov est mort, expliqua une voix, près d'Andreï.

Une fillette turbulente se tenait devant lui, les cheveux ornés de deux énormes nœuds de ruban sales. Elle regardait par la fenêtre en martelant la vitre du poing, et se tournait de temps en temps vers sa mère, vêtue d'un survêtement turc.

– Maman, demanda-t-elle soudain, qu'est-ce qu'il y a là-bas ?

– Où ça, là-bas ? répondit la mère.

– Là-bas, dit l'enfant en montrant du poing le paysage, derrière la fenêtre.

– Là-bas, là-bas, dit la mère avec un sourire limpide.

– Mais qui vit là-bas ?

– Là-bas ? Les animaux.

– Et qui encore se trouve là-bas ?

– Là-bas, il y a encore les dieux et les esprits, seulement personne ne les a vus, là-bas.

– Et des gens, il n'y en a pas, là-bas ? insista la fillette.

– Non, répondit la mère, il n'y a pas de gens, là-bas. Les gens voyagent dans le train.

– Mais où c'est mieux, dans le train ou là-bas ?

– Je n'en sais rien, je n'ai jamais été là-bas.

– Je veux y aller, décida la petite fille en tapant la vitre du doigt.

– Attends, soupira la mère amèrement. Un jour, ton tour viendra.

Les conducteurs, ivres, parvinrent enfin à pousser le porte-verre à travers la fenêtre ouverte. Le cadavre tomba dans un bruit mat, rebondit et roula sur le remblai. Un coussin, une serviette de toilette, deux couronnes rouges et un presse-papiers de marbre le suivirent : à en juger par cela, le défunt devait être une personnalité.

– Je veux aller là-bas, scanda la fillette, là-bas, là-bas…

Sa mère la tira par la main, et lui fit, le doigt posé sur ses lèvres, signe de se taire. En roulant de gros yeux, elle désigna discrètement du menton la foule en deuil. Remarquant qu'Andreï observait leur manège, elle leva le regard vers lui et arqua un peu les sourcils, comme si elle l'invitait à partager son indulgence pour cette touchante naïveté enfantine.

– Qu'avez-vous à me regarder ainsi ? grogna-t-il. Peut-être que je veux aller là-bas, moi aussi.

– Pour devenir un homme des neiges, n'est-ce pas ? demanda la femme.

Andreï se souvint d'une traînée de traces sur la neige, aperçue un an auparavant d'une fenêtre du restaurant. C'étaient assurément des empreintes de bottes : elles se prolongeaient sur quelques dizaines de mètres le long du remblai et s'interrompaient brusquement, comme si celui qui les avait faites s'était évaporé soudain.

5

La lampe était allumée au-dessus de la tablette, et Piotr Sergueïevitch prenait son thé du soir. Il approchait de sa bouche le verre, soigneusement entouré d'une serviette, et soufflait dedans avant d'aspirer du bout des lèvres. Il buvait toujours le thé avec un léger dégoût, comme s'il embrassait une femme qu'il n'aimait plus, mais ne voulait pas la blesser par son manque d'attentions.

– Il faut les juger, dit-il soudain. Aux assises, ces salauds, c'est moi qui te le dis.

– Qui ça ? demanda Andreï.

Il était étendu sur sa couchette, les avant-bras derrière la tête, et observait le plafond où rampait un point vivant, noir.

– Il faut qu'ils y passent tous, fit Piotr Sergueïevitch. Il changea soudain de ton pour chuchoter : Toute la voiture de l'état-major, en commençant par le brigadier. Tu ne vois pas ce qui se passe ? Il n'y a plus de cuillères. Soit, on s'habitue. Mais maintenant, c'est le tour des porte-verres. Où sont-ils passés, les porte-verre, hein, dis-moi ?

– Je suppose qu'on les a volés.

– Et qui sont les voleurs ? cria Piotr Sergueïevitch d'un ton théâtral, comme s'il faisait une grande révélation. Je t'assure que ce ne sont pas de simples voleurs. Avant, on volait. Maintenant, tu sais comment ça s'appelle ? On brade la Patrie. On la liquide. Voilà de quoi il s'agit !

– Laissez tomber, conseilla Andreï. Vous n'êtes pas né dans un porte-verre, et encore moins dans une cuillère.

– Pas dans une cuillère ? Mais, est-ce que ce sont les cuillères que je regrette ? Je plains nos filles, nos filles pures, nos hirondelles aux yeux bleus obligées de se vendre à la canaille dans les wagons communs, comprends-tu ?

Andreï ne dit rien.

– Ils volent avec arrogance, poursuivit Piotr Sergueïevitch, en se calmant. Ils n'ont peur de rien, car le pouvoir leur appartient.

– On a toujours volé par ici, objecta Andreï. Mais au moins, les nouveaux ne balancent personne par la fenêtre de son vivant.

Des coups violents retentirent à la porte fermée du compartiment.

– Qui est là ? demanda Andreï.

– Andreï, c'est moi, cria quelqu'un derrière la porte. Ouvre vite !

C'était la voix de Gricha. Andreï bondit sur ses pieds et ouvrit le battant. Gricha se glissa dans le compartiment et le referma aussitôt, en poussant le loquet. Son visage et sa veste étaient barbouillés de sang. L'insigne ailé du ministère des Transports avait disparu de son revers, remplacé par une déchirure béante.

– Que s'est-il passé ? s'enquit-il en installant Gricha sur sa couchette.

– On m'a attaqué. Je rentrais seul du restaurant, et j'étais presque arrivé chez moi, lorsque, soudain, ils m'ont coincé dans le tambour entre les wagons. Ils étaient quatre, deux devant et deux derrière. Et l'un d'entre eux, le salaud, il avait une cuillère aiguisée.

– Ils t'ont pris beaucoup ?

– Beaucoup, répondit Gricha. J'te dis pas ! Ivan venait de me donner ma part. Ils m'ont tout pris. Les charognes ! Petites frappes !

Andreï aspergea une serviette avec un peu d'eau de la carafe et la tendit à son copain.

– Tu n'aurais pas manqué un paiement, par hasard ? demanda-t-il ?

– Rien à voir ! s'écria Gricha en pressant la serviette sur sa pommette ouverte. Ce n'est qu'une bande de loubards venue de loin. Ils ne savent pas à qui ils s'attaquent. Demain, j'y mettrai bon ordre.

– Peut-être que quelqu'un leur a filé le tuyau.

– Ça va pas ! Personne n'était au courant, sauf Ivan. Et il n'a aucun intérêt. Non, je te dis, ce sont des loubards.

Piotr Sergueïevitch, qui se masquait délicatement derrière son journal, se découvrit :

– Voilà, Andreï. C'est comme ça. Tu dis que les nouveaux ne balancent pas par la fenêtre ? Eh bien ils ont tort ! Ils devraient reprendre les vieilles habitudes. On liait les bras et les jambes et, hop, tête en bas sur les traverses. Et en public. Alors, on aura à nouveau du thé sucré et les gens redeviendront polis dans les couloirs. Et personne n'osera toucher à ton ami.

– Et vous ne craignez pas qu'on vous jette vous-même ? demanda Andreï.

– Pour quel crime ? J'ai travaillé honnêtement toute ma

vie. Parcours les voitures-couchettes : j'ai installé de mes mains la moitié des portes. N'importe quel pouvoir a besoin de moi.

– Les portes ? s'anima Gricha. Excusez-moi, quel est votre nom ? Piotr Sergueïevitch, enchanté. Je suis Grigori Stroupine, directeur de l'entreprise mixte « Wagon bleu ».

Piotr Sergueïevitch serra la main tendue, sourit et arrangea son col.

– Je vous demande pardon, mais, en raison des circonstances, je ne suis pas en pleine forme, fit Gricha en souriant largement de sa bouche déformée tout en louchant sur son revers déchiré. J'ai justement besoin d'une petite consultation au sujet des portes. Ce ne sera pas gratuit. Il est clair que l'on vous fera un contrat.

– Eh bien, si je peux… marmonna Piotr Sergueïevitch.

– Dites-moi, est-ce que les loquets sont réellement en nickel ?

– Non, répondit Piotr Sergueïevitch. Voyez-vous, ils n'ont qu'un placage de nickel. À l'intérieur, c'est…

– Écoute, Gricha, les interrompit Andreï. Pendant que vous parlez, je vais me promener dans le couloir. Je vais voir si quelqu'un t'attend, au cas où…

Il ferma la porte derrière lui. Le couloir était vide. Il alla jusqu'au bout et regarda dans la plate-forme : il n'y avait personne. À l'autre extrémité de la voiture, c'était pareil. Il retourna vers son compartiment. Derrière la porte, il entendait la voix animée de Gricha et les répliques hésitantes de Piotr Sergueïevitch. Il demeura quelques instants sur le seuil, puis reprit sa marche le long du corridor jusqu'à un porte-prospectus en Plexiglas accroché au mur. Il contenait une brochure inconnue. Sur la couverture s'étalait la photo de l'auteur, un homme moustachu qui ressemblait à un Nietzsche amaigri, intelligent et dégrisé. Elle s'intitulait *Guide des chemins de fer de l'Inde*. Environ la moitié des pages avaient été arrachées, l'une après l'autre. Andreï s'installa au bout du couloir, dans la partie bien éclairée près de la plate-forme, posa le pied sur le couvercle triangulaire de la poubelle et se mit à lire la feuille qui, à coup sûr, devait être la prochaine sacrifiée :

« ...sur le conseil du Révérend Sri Tedanladesh. Je me posai cette question à moi-même. La réponse fut presque immédiate : pour autant qu'il m'en souvienne, ce que j'aime le plus dans la vie, c'est de rester longtemps debout dans le couloir, le pied posé sur le couvercle triangulaire de la poubelle, les coudes à l'extérieur, à contempler le mur de la jungle qui défile devant mes yeux à toute allure. Parfois, je me vois obligé de presser mon épaule contre la vitre, pour laisser passer ceux qui vont sur la plate-forme, et je me rends compte, alors, que je me trouve à la fenêtre d'un wagon qui traverse l'Inde. Mais, le reste du temps, je n'ai pas réellement conscience de ce que je fais, et avec qui. N'avez-vous pas remarqué, cher lecteur, que lorsque l'on contemple longuement le monde et que l'on s'oublie soi-même, il ne reste que ce que l'on voit : une petite colline couverte de chanvre (que les voisins tentent d'arracher, à l'aide de bâtons spéciaux, dès que le train ralentit), une chaîne de palmiers entourés de lianes qui sépare la voie du reste du monde, parfois une rivière ou un pont de style colonial, ou encore une route vide protégée par le bras de fer d'un passage à niveau.

» Où je passe pendant ce temps-là et où passent ces arbres et ces barrières lorsque personne ne les regarde, n'a pas d'importance. Ce qui compte, c'est que je sois le plus proche possible du bonheur, bien que je ne puisse plus définir ce mot dès que je me détourne de la fenêtre. Je remarque alors par un fragment de ma conscience – car ce n'est pas possible autrement – que l'instant d'avant je n'existais pas, qu'il n'y avait que le monde derrière la fenêtre, et que quelque chose de beau et d'inconcevable (et qui n'a d'ailleurs aucun besoin d'être "conçu") occupait pendant quelques secondes la place de l'essaim habituel de pensées, dont une, comme une locomotive, entraîne les autres derrière elle, les enveloppe et se nomme "moi". J'entends de nouveau le barrissement d'un éléphant au loin, certainement un éléphant blanc et heureux… »

– Coucou !

Andreï leva les yeux. Gricha se tenait devant lui.

– Alors ? Tu as vu quelqu'un ?

– Non, répondit Andreï. Mais tu ferais mieux de rester chez nous encore une petite demi-heure.

– Non, je vais y aller. Ton voisin est un gars utile. Je lui ai fixé rendez-vous demain matin. Salut.

– Salut.

Gricha disparut derrière la porte de la plate-forme. Andreï referma la brochure, la remit dans le porte-prospectus et retourna dans son compartiment.

Cinq minutes plus tard, la lumière éteinte, il s'efforçait de toutes ses forces de s'endormir avant que Piotr Sergueïevitch ne se mît à ronfler. Celui-ci toussa soudain et dit :

– Écoute, Andreï. Je me demande pourquoi Grigori dit que tu es un mystique ? C'est une blague ?

– Oui, répondit Andreï. Il plaisante, c'est sûr. Ici, il n'y a pas de plus grand mystique que lui.

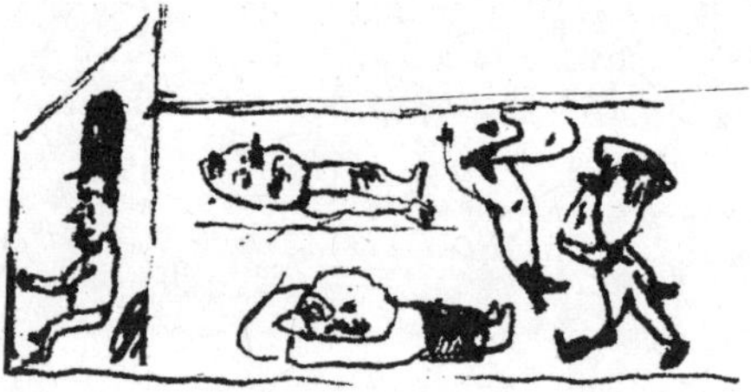

4

Comme presque toujours, la radio réveilla Andreï. Un baryton éclatant lisait un poème :

Sous le ciel voilé de pluie de Pétrograd,
Le train militaire vers le vide s'en allait.
Sections et compagnies et chefs de tous grades
Remplissaient les wagons qui sans fin s'étiraient...

Piotr Sergueïevitch ronflait. Andreï regarda par la fenêtre. Le ciel était bas et gris, voilé effectivement par la pluie dont les fines gouttelettes se brisaient contre la vitre.

On frappa à la porte.

– Entrez.

Le conducteur apportait du thé. Il posa les verres sur la tablette, ramassa le billet de cent roubles et s'éclipsa en refermant derrière lui la porte qui claqua de son loquet nickelé.

Le bruit sec réveilla Piotr Sergueïevitch. Bizarrement, au lieu de se tourner vers le mur, selon son habitude, et de dormir encore une heure ou deux, il se souleva sur un coude, comme sur un ressort, et jeta sur son voisin un regard dément.

– Vous avez de nouveau ronflé cette nuit, le tança Andreï.

– Ah bon ? Et tu as sifflé ?

– Bien sûr.

– Quelle heure est-il ?

– Neuf heures et demie.

Piotr Sergueïevitch proféra un juron, se mit debout et entreprit hâtivement de se donner un coup de peigne. Il avait dormi dans son costume et portait même une cravate.

– Où courez-vous ainsi ? demanda Andreï.

– Des affaires, répondit-il.

Il serra sous son coude une serviette de cuir usée jusqu'à la corde qu'Andreï n'avait pas vue depuis trois ans, et s'élança dans le couloir. Après les poèmes, la radio diffusait une plage publicitaire. Andreï baissa le son, mais même au minimum, on entendait encore distinctement les voix.

Un chœur d'enfants chantait :

« Tous, tous, nous croyons en des jours meilleurs

Et roule, roule, le wagon bleu. »

Une voix émue de contralto ajouta : « Société "Wagon bleu". Notre train est réellement un express. »

C'était la publicité de Gricha. Le haut-parleur émit ensuite un piaillement et une voix masculine, d'un optimisme à toute épreuve, entonna : « Les cigarettes Action, si t'as fumé, t'es champion. »

Le long blanc qui suivit annonçait l'heure de l'émission *Le Cinéma du matin*. Un présentateur nasillard se mit à ronronner :

« Aujourd'hui, nous allons parler de *Dodes' Ka-den*, un film de 1970 du réalisateur japonais Akira Kurosawa, tiré de la nouvelle *Le Rythme des roues invisibles* de l'écrivain Akutagawa Ryunosuke [1]. En fait, le titre du

1. Dans le monde réel, le film est inspiré du recueil de Shugoro Yamamoto, *Quartier sans soleil*.

film reproduit le cliquetis des roues contre les rails. Alors, fermez les yeux et imaginez une matinée dans une voiture-couchettes japonaise de l'après-guerre. Les portes claquent, des gens pressés sortent dans le couloir. Le fameux soleil japonais brille à travers les vitres couvertes de suie des récentes batailles. Et soudain, le personnage central, à qui on a donné dans le wagon le sobriquet de "Fou de tram", apparaît dans la foule. Ce jeune homme s'imagine être le conducteur d'un petit train invisible, le "tram" en japonais, qui fait des va-et-vient dans le wagon réel. À l'évidence, cette conception assez complexe demande réflexion... »

Andreï se leva et s'habilla à toute allure. Il mit sa veste, la boutonna entièrement, et prit sur la couchette supérieure des lunettes de soleil et une casquette à visière. Puis, il fourra des gants dans sa poche, ainsi qu'une petite cale de bois qu'il sortit de sous le matelas. Pendant toutes ces opérations, il n'entendait presque pas la radio, mais, quand il s'arrêta un instant devant la porte, en se demandant s'il avait bien pris tout le nécessaire, la voix insinuante et nasillarde lui devint à nouveau audible :

« Il faut dire que les héros du film s'occupent d'affaires que l'on peut, en toute conscience, qualifier d'importantes et sérieuses : petit commerce, lente agonie de la faim, vols, enfantements, etc. En mettant en parallèle la vie de ces gens et les actes du "Fou de tram" qui court d'un bout à l'autre du couloir du wagon en criant "dodes' ka-den, dodes' ka-den !", imitation du cliquetis des roues du petit train qui n'existe que dans sa conscience, Kurosawa s'efforce de montrer qu'au fond, chacun de ses héros socialement intégrés voyage dans le wagon réel au sein de son propre "tram" illusoire. Cependant, le réalisateur ne montre aucune voie de sortie au monde désespéré qu'il met en scène. Et effet, il est facile d'effrayer les gens, mais c'est… »

Dans le couloir, la radio ne marchait pas. Andreï eut très vite de la chance : deux plates-formes plus loin en direction de l'est, il se retrouva dans un couloir entièrement vide. À en juger par l'odeur, il était en cours de désinfection contre les cafards, et les passagers se calfeutraient derrière des portes bien fermées pour échapper à l'odeur. Andreï s'immobilisa près de l'entrée du compartiment de service : le conducteur, penché au-dessus d'un énorme évier métallique, chantait en lavant des canettes de bière vides (dans la voiture voisine, on les peignait dans l'esprit national pour les revendre à l'Occident). À un moment, il se détourna, et Andreï en profita pour passer devant la porte sans se faire remarquer et pénétrer dans les toilettes où il s'enferma. Il glissa la cale entre la porte et le loquet et l'enfonça en frappant à plusieurs reprises du plat de la main : désormais, le conducteur ne pourrait plus ouvrir, même avec sa clé.

La fenêtre s'ouvrit au premier essai. Andreï regarda par l'embrasure : toutes les fenêtres voisines étaient fermées. Il enfila ses gants, mit la casquette et les lunettes, puis se tourna dos à l'ouverture, s'accrocha à la partie supérieure du cadre et s'appuyant avec le pied contre la barre métallique fixée au mur, entreprit lentement et prudemment de se faufiler à l'extérieur.

Il était depuis longtemps capable de répéter, les yeux

fermés, tous les mouvements nécessaires, mais il se sentait à chaque fois mal à l'aise. Dans les livres ésotériques que l'on vendait sur la plate-forme du restaurant, cette procédure était décrite de manière très embrouillée et mystérieuse, avec force allégories. Il était clair que les auteurs eux-mêmes ne comprenaient pas vraiment ce qu'ils racontaient. Le plus simple euphémisme pour désigner l'opération était : « la mort rituelle ». D'une certaine manière, c'était vrai : la ressemblance était grande avec l'acte de sortir les défunts par la fenêtre pour les jeter sur le remblai. Naturellement, la similitude s'arrêtait là, même si l'affaire était assez risquée. Quant à la peur, obscure et subconsciente, seule la sobriété et le sens de l'humour pouvaient la vaincre : Andreï s'efforçait en permanence de se rappeler qu'il montait simplement sur le toit du wagon.

Il s'accrocha à la gouttière qui courait au-dessus de la fenêtre, pour l'écoulement de l'eau de pluie, et se souleva à la force de ses bras. Il était désormais assis sur le châssis, jambes pendantes à l'intérieur. Au loin, une rangée de buissons apparut sur le remblai, et il accéléra son escalade pour ne pas être fouetté par les branches. En quelques secondes, il parvint sur le toit strié du wagon, d'une largeur surprenante, parsemé de cheminées de ventilation semblables à de vieux champignons rouillés. Il se mit debout et regarda autour de lui.

Loin à l'ouest, des gens se tenaient également sur le toit, mais il était impossible de les distinguer, à cause de la distance. Il sauta d'un wagon à l'autre jusqu'à arriver devant la fosse qui signalait l'emplacement du compartiment de Khan et y donna un coup de pied.

Son ami apparut cinq minutes plus tard : il portait un coupe-vent de toile, avec capuche, et les mêmes lunettes que lui. Ils marchèrent en silence vers l'ouest, en prenant de l'élan pour sauter par-dessus les soufflets en caoutchouc qui reliaient les wagons. Ils franchirent le toit glissant de la voiture-restaurant, puis le tambour de la douane, et ceux qui se tenaient plus loin se mirent à agiter les mains pour les saluer. Andreï reconnut certains d'entre eux et leur répondit de la même manière. En fait, si les mots ont un sens, il ne connaissait personne : les contacts de Khan et d'Andreï avec les gens qu'ils rencontraient en haut se bornaient à ces gestes de salut. Ils passèrent à côté d'un vieillard immobile qui portait une veste matelassée sale et une vieille chapka militaire : comme d'habitude, il était assis en tailleur au milieu du toit et fumait une chibouque au bout métallique (Andreï se demandait comment il parvenait à l'allumer, avec ce vent). Quelques individus en froc gris foncé étaient accroupis un peu plus loin, le visage dissimulé par un capuchon, de sorte que l'on ne pouvait savoir ni leur sexe ni leur âge. Installés en cercle, ils étudiaient une figure géométrique incompréhensible tracée au charbon à même le toit du wagon. Andreï les avait déjà vus l'été précédent, et même celui d'avant, plongés dans la même occupation. Le dessin n'avait pas changé : un cercle autour de lignes symétriques ressemblant à une étoile ouverte, et Andreï ne parvenait pas à comprendre la raison d'une si longue contemplation d'une forme aussi simple.

En réalité, il ne pensait pas que les personnes qu'il rencontrait fussent là dans un but défini. Lui-même n'avait jamais eu d'objectif réel et n'attendait rien de ces promenades. Certes, c'était bien au cours de l'une d'entre elles qu'il avait rencontré Khan, mais ils n'avaient pas échangé un seul mot : la règle était de ne parler à quiconque. Ils se reconnurent en se croisant dans un couloir, deux ou trois jours plus tard, et engagèrent la conversation. Au bout de quelque temps, Khan lui dit qu'il était non seulement inutile, mais même plutôt nocif de grimper sur le toit, car les possibilités de s'évader du train – pour de vrai – étaient encore moindres que de l'intérieur. Mais ils continuaient cependant à le faire, pour échapper pendant quelques heures à l'espace étouffant de la vie et de la mort communes.

On ne voyait ni le début ni la fin du train : la ligne sinueuse des wagons rejoignait l'horizon d'un bout à l'autre, mais la locomotive existait bien quelque part. En plus d'une multitude de présomptions métaphysiques à l'intérieur des voitures, il existait deux preuves directes de son existence : l'épais câble de cuivre qui passait à un demi-mètre au-dessus de leurs têtes, soutenu par des caténaires, et le long bruit sourd qui venait de temps en temps d'on ne savait où.

Andreï sentit que Khan le tirait par la manche, et il regarda dans la direction indiquée. Sur le toit voisin, se tenait un groupe assez bizarre : quatre personnes habillées comme des musiciens dans des tenues exagérément latino-américaines. Il lui fallut une seconde supplémentaire pour distinguer des instruments entre leurs mains et comprendre que c'étaient réellement des musiciens. Le fracas des roues ne permettait pas d'entendre la musique, mais le petit orchestre jouait visiblement de toutes ses forces. Le flûtiste de Pan soufflait avec une telle puissance qu'il pliait même un peu les genoux, et les guitaristes arboraient des grimaces tendues, comme s'ils tenaient non des guitares mais des fusils-mitrailleurs, et s'apprêtaient à attaquer le compartiment blindé de Pablo Escobar en personne.

Un peu plus loin, Andreï aperçut un homme bizarre, un large sombrero suspendu sur le dos. Il se tenait dangereusement près du bord du wagon et dansait sur place en gesticulant avec les bras, comme pour se réchauffer. C'était la première fois qu'Andreï voyait cet homme et les musiciens.

Le train avançait vers un fleuve – à moins que ce ne fût que l'étroit appendice d'un lac – traversé par un pont bizarre : ses montants latéraux arrivaient à peine à la hauteur du toit du train et Andreï se dit qu'il aurait été possible de bondir par-dessus. Au moment même où cette pensée lui venait à l'esprit, l'homme au sombrero prit son élan, sauta du wagon et survola les poutrelles du pont.

Il fallut plusieurs secondes à Andreï pour admettre la réalité de ce que ses yeux venaient de voir. Puis il se jeta sur le ventre, rampa vers le bord du toit et se pencha en tentant de voir quelque chose. Sous le pont, l'eau semblait immobile : des cercles concentriques se répandaient à sa surface à partir du sombrero qui flottait comme une gigantesque fleur. Un autre instant passa, puis le ballon noir d'une tête émergea soudain et l'homme se mit à nager vers la rive. Puis, le remblai herbeux dissimula le reste de la scène.

Andreï se leva et se tourna vers Khan. Son ami secouait admirativement la tête et bougeait les lèvres, comme s'il parlait. Autour d'eux, tout le monde regardait dans la direction du fleuve disparu. Même les gens bizarres, en froc, qui d'habitude ne prêtaient aucune attention aux autres, s'étaient relevés et, l'air désemparé, suivaient des yeux l'endroit, vers l'est, où l'inconnu était resté. Seul le vieillard à la chapka ne bougea pas de sa place habituelle et continua, imperturbable, à lâcher des volutes de fumée à peine visibles dans le vent. Il n'avait peut-être rien remarqué. À moins qu'il n'eût vu des choses encore plus incroyables au cours de sa longue vie. Les musiciens n'étaient plus là. Andreï les chercha du regard et aperçut quelques petites silhouettes qui sautaient d'un wagon à l'autre. Ils étaient déjà bien loin en direction de l'ouest.

3

– Ça te plaît ? demanda Anton. Réponds honnêtement.

– Quoi ?

– La nouvelle série, dit Anton en montrant la table.

– Pourquoi une série ? s'étonna Andreï. Elles sont toutes pareilles.

– Mais c'est justement cela le concept. Elles sont numérotées, comme des lithographies.

Assis au bout de la banquette, Andreï regardait la canette de bière entre les mains d'Anton. Celui-ci ronronnait doucement en peignant la boîte cylindrique avec un petit pinceau. Il courbait le cou d'une manière très artificielle pour ne pas tacher sa barbe. Mais ses efforts étaient vains, car son ornement pileux s'agrémentait déjà de quelques traînées claires qui ressemblaient à des touffes prématurément blanchies. Quelques canettes terminées s'alignaient sur la tablette. Elles portaient toutes le même dessin : des jeunes filles aux joues rouges, en coiffes anciennes, portant des verres de thé, marchaient dans un couloir de wagon en compagnie de gars blonds, en chemises rouges de paysans. Ils avaient tous des visages identiques, comme des pis de vache. Andreï comprit qu'il s'agissait d'une citation volontaire et appuyée d'un célèbre poème de Nikolaï Goumilev, car de longs trayons éjectant du lait saillaient de chaque visage. Sous le dessin, une inscription en ligatures slaves disait :

Arrêtez, wattman,
Arrêtez tout de suite le wagon.

– Alors ?

– C'est pas mal, admit Andreï, mais trop chargé de commentaire social. Je crois que ta « Budweiser était Son Nom » avait une tout autre portée.

– Je ne comprends pas, s'étonna Anton. Pourquoi faut-il toujours comparer ce que je dessine à « Budweiser » ?

– Oh, c'est juste comme ça, se justifia Andreï. C'était vraiment une œuvre géniale.

Olga, la femme d'Anton, assise face à lui, polissait à l'émeri la surface des canettes. Un plaid couvrait ses jambes, car la porte du compartiment avait été enlevée, remplacée par une couverture qui n'atteignait pas le sol, et un fort courant d'air se faisait sentir au ras du sol. Par l'interstice, on voyait dans le couloir les chaussures et les pantoufles des passants. Andreï contempla les gonds tordus sur le chambranle et hocha la tête.

– Je ne comprends pas pourquoi vous avez permis que l'on vous prenne la porte. Personne n'avait le droit de le faire sans votre autorisation.

– Mais, c'est que personne ne nous a demandé notre accord, répliqua Anton. On nous a seulement dit que c'était la conversion et que notre voiture passait de la seconde classe à la troisième. On nous a donné un papier à signer, et c'est tout. Ça suffit d'en parler. Raconte-nous, plutôt : as-tu vu l'un des nôtres ?

– Je vois souvent Gricha, expliqua Andreï. Il a pris de la hauteur ces derniers temps, comme on dit. Il a plein de fric. Et j'ai vu récemment Serioja. Il a beaucoup changé. Il ne boit plus, ne fume plus. Il s'est converti au matinisme.

– Qu'est-ce que c'est ?

– Une religion, très jolie. Ils croient que nous sommes tirés par une locomotive de type « M-3 » – ils l'appellent la « troïka » –, et que nous nous dirigeons tous vers le matin radieux. Ceux qui croient en « M-3 » passeront le dernier pont, et les autres, non.

– Ah bon ? remarqua Anton. Jamais entendu parler. Et toi, tu n'en fais pas partie ?

– Pas du tout, protesta Andreï. Chez moi, rien de changé. En ce moment, je lis un bon livre. *Le Guide des chemins de fer de l'Inde*, qu'il s'appelle. Je l'ai trouvé par hasard. Si tu veux, je te le passerai.

– Et ça parle de quoi ? demanda Anton en soulevant sa canette pour la contempler attentivement.

– Difficile à dire. Simplement, un homme voyage en train à travers l'Inde et décrit ses aventures. On ne sait pas, d'ailleurs, s'il traverse réellement l'Inde ou s'il l'imagine. Tu aimeras.

– Tu l'as sur toi ?

– Oui.

– Lis m'en un bout, d'accord ? Mes mains sont tachées de peinture.

– Quel morceau veux-tu ? demanda Andreï.

– N'importe.

– Alors je vais reprendre là où je me suis arrêté. Je vais te résumer en deux mots ce qui précède : d'abord, il décrit ce qu'il voit à l'extérieur, ensuite il entreprend de dresser les portraits de ceux qui l'empêchent de se tenir près de la fenêtre. Il établit une classification de types humains très longue et pleine de fiel.

Andreï prit le livre dans sa poche, l'ouvrit à la page marquée et commença à lire à haute voix :

– Où vont-ils tous ? Pourquoi ? N'entendent-ils jamais le cliquetis des roues ? Ne voient-ils pas les plaines nues derrière les fenêtres ? Ils connaissent tout sur cette vie, mais ils continuent d'aller dans le couloir, des chiottes au compartiment, de la plate-forme au restaurant, en transformant peu à peu aujourd'hui en un nouvel hier, et ils pensent qu'il existe un Dieu qui les récompensera ou les punira pour cela. Et s'ils ne deviennent pas fous, cela veut dire qu'ils connaissent un secret. Ou bien, c'est moi qui en sais un, et ils feront mieux de ne pas le partager avec moi, car il m'empêche à tout jamais de marcher innocemment dans le couloir, en ignorant que cela n'a aucun sens, et de penser comme eux. Mais je ne dispose d'aucun secret. Je vois simplement la vie comme elle est, sobrement et précisément, et je ne pourrai jamais prendre pour ce qu'il n'est pas ce corbillard jaune qui martèle sans fin les joints des rails. J'aime l'Inde et c'est pourquoi je la traverse, maintenant. Et eux, ils sont simplement fous. Ce sont les passagers d'un train cinglé, et, dans tout ce qu'ils disent, je n'entends que le cliquetis des roues. Et cela ne change rien qu'ils soient nombreux, et moi, presque seul…

Andreï entendit un bruissement, quitta la page des yeux et vit qu'Olga enfilait ses bottes. Anton essuyait ses mains maculées de peinture avec un chiffon.

– Excuse-nous, vieux, dit-il, on va au théâtre. Lis la dernière ligne, pour voir comment ça finit.

Andreï hésita, ouvrit la dernière page et lut :

« La grâce n'a pas de limites, et je sais précisément que lorsque le train s'arrêtera, un éléphant blanc m'attendra derrière la porte jaune, et je poursuivrai sur son dos mon retour éternel vers Celui qui n'a pas de nom. »

– Je vois, émit Anton. C'est intéressant, bien sûr. Mais je ne vais pas le lire. Merci.

– Tu n'aimes pas ?

– Il ne s'agit pas d'aimer ou de ne pas aimer. Cela n'a simplement aucun rapport avec moi personnellement.

– Pourquoi ? Et tes peintures ? demanda Andreï en désignant les boîtes de bière. Ne s'agit-il pas de la même chose exprimée autrement ? Arrêtez le wagon, etc. À moins que ce ne soit pas sérieux, pour toi ? Pas sincère ?

– Ça signifie quoi, ton « pas sérieux, pas sincère » ? Ce sont des notions enfantines. Il y a la vie, et il y a l'art, la création. Sots-art [1], conceptualisme, tout ça. Moderne, postmoderne. Cela fait longtemps que je ne les confonds pas avec la vie. J'ai une femme, j'aurai bientôt un enfant, et ça, c'est du sérieux, mon cher Andreï ! On peut dessiner ce que l'on veut, il y a toutes sortes de jeux culturels. Moi, je n'arrête les wagons que sur les canettes, et je le fais en pensant à mon enfant qui continuera à avancer dans ce wagon bien réel. Pigé ?

Il frappa le sol du pied et montra le mur du doigt.

– Anton, dit soudain Andreï, n'entends-tu rien maintenant ?

1. Mouvement artistique contestataire, en URSS, surgi dans les années soixante-dix, qui pratiquait une parodie cruelle du réalisme socialiste.

Anton se figea et écouta.

– Non, rien. Qu'est-ce que je suis censé entendre ?

– Rien. Il m'a semblé…

– Il est temps d'y aller, pressa Olga en poussant de côté la couverture qui servait de porte, sinon on sera en retard.

– Qu'est-ce que vous allez voir ? demanda Andreï.

– *Le Train blindé 116-511*[1], répondit Olga. N'aie pas peur, c'est une interprétation d'avant-garde.

– Qui joue ? demanda Andreï.

– Le « Théâtre de la Couchette supérieure », expliqua la jeune femme. Chez eux, tout est collectif et anonyme, de sorte que personne ne peut dire qui sont les interprètes, ou de qui est la mise en scène, mais je peux te dire en secret que les décors ont été peints par Anton. Tu veux venir avec nous ? On peut te faire passer.

– Non, refusa Andreï. Je vais aller chez Khan. Cela fait longtemps que je ne l'ai pas vu.

– À propos, comment va-t-il ? demanda Anton. A-t-il trouvé son identité ?

– Oui, dit Andreï, et plein d'autres choses avec. Salut.

– Salut. Amitiés à tout le monde.

---

1. Allusion au *Train blindé 14-69*, de Viatcheslav Ivanov (1927), célèbre pièce du réalisme socialiste.

2

Sur la porte du compartiment de Khan, un calendrier avec des chatons cachait l'éraflure bien connue. Pendant quelques secondes, Andreï se demanda ce qui se passait, regardant autour de lui, pour voir s'il ne se trompait pas de porte. Puis il frappa. Personne ne répondit.

Il ouvrit. Un désordre incroyable régnait dans le compartiment : le désordre qui accompagne les enterrements, les naissances et les déménagements. Sur la couchette de Khan, une femme était assise, âgée et obèse. Les traces de son ancienne laideur se voyaient encore sur son visage gonflé, mais la vieillesse l'avait déjà extraite de la zone d'action des caractéristiques esthétiques. Quelques valises et un panier couvert d'un foulard, qui exhalait une forte odeur de saucisson, se trouvaient sur le sol, devant elle. Un minuscule pied d'enfant en chaussette blanche émergeait de la couchette supérieure et bougeait au rythme du wagon.

– Bonjour, fit Andreï.

– Bonne journée, répondit la femme en levant un regard sans expression.

– Où est Khan ?

– Il n'y a personne de ce nom, par ici.

– A-t-il déménagé ?

– Je ne sais pas, dit-elle, il se peut qu'il ait déménagé, il se peut qu'il soit mort. Nous l'ignorons. Nous étions sur la liste d'attente. On nous a accordé ce compartiment. Demandez au conducteur, il sait.

– Et ses affaires ? Il reste quelque chose ?

– Il n'y avait rien, répliqua la femme en s'animant. Qu'est-ce que vous insinuez ? Quelles choses ?

– Mais non, la calma Andreï. Ne croyez pas que je réclame quoi que ce soit. Je demande simplement.

– La couchette était vide, celle du dessus pareil, dit la femme. De ma vie, je n'ai pris ce qui ne m'appartenait pas.

– C'est clair, dit Andreï.

Il se tourna et tira la porte coulissante du compartiment.

– Ne seriez-vous pas Andreï par hasard ? demanda soudain la femme.

– Je suis Andreï. Pourquoi ?

– Il y avait une lettre, ici. C'était marqué « Pour Andreï », mais quel Andreï ? Le nom de l'expéditeur n'était pas indiqué. C'est peut-être pour vous ?

– C'est pour moi. Donnez.

– C'était quelque part par ici, marmonna la femme, en fouillant parmi le linge jeté en tas sur la tablette. Cela va me prendre six mois pour ranger tout cela. La vie est devenue horrible. Il y a une telle cohue dans les couloirs, et je n'ai pas la force… Ah, la voici. Est-ce que c'est vraiment pour vous ? Avez-vous votre billet sur vous ?

– Je suis un resquilleur, plaisanta Andreï avec désinvolture.

La femme rit et lui tendit l'enveloppe.

– C'est aux filles qu'il faut prendre la tête, dit-elle d'un ton un peu léger. Bon, ça y est. Il n'y a plus rien ici.

– Merci, répondit Andreï en fourrant la lettre dans sa poche. Merci beaucoup.

– Au revoir, dit la femme.

En sortant du compartiment, il croisa un conducteur, mais ne lui demanda rien.

Piotr Sergueïevitch était ivre et gai. Ce n'était pas une chopine de l'habituelle « Spéciale des chemins de fer » qui se trouvait sur la tablette, devant lui, mais un flacon à facettes du cognac de marque « Lazo », dont l'étiquette s'ornait du foyer allumé d'une locomotive [1]. À côté s'étalaient des dessins techniques et des calques. L'un d'eux représentait le schéma très agrandi d'un loquet de porte. Il y avait aussi quelques papiers officiels avec des tampons, mais, à en juger par les taches grasses, ils avaient servi à envelopper le saucisson que Piotr Sergueïevitch s'était empressé de consommer rapacement. Les miettes et les épluchures éparpillées sur la table donnaient l'impression d'avoir été becquetées par un aigle.

– Comment ça va ?

– Ça va, dit Andreï. Et vous ?

Piotr Sergueïevitch leva son pouce poilu.

– Demain je serai absent toute la journée, dès le matin. Et je ne viendrai pas la nuit. Tu pourras prendre mes draps chez le conducteur ?

– D'accord. Mais il faudra le prévenir. Nous sommes déjà le 30 ?

– Eh oui, constata rêveusement Piotr Sergueïevitch, le

1. Sergueï Lazo, chef militaire pendant la guerre civile, fut pris par les Japonais à Vladivostok, en 1920, et brûlé vif dans le foyer d'une locomotive.

30. Comme ça passe vite. On n'a pas le temps de profiter de la vie. Je te verse un verre ?

Andreï secoua négativement la tête. Il enleva ses chaussures, se coucha, et tourné vers la paroi, sortit le *Guide des chemins de fer de l'Inde*. La lettre de Khan se trouvait entre les pages. Il hésita une seconde, puis la remit au fond de la poche. *Je la lirai demain*, pensa-t-il, et il ouvrit le livre au hasard.

« ...au fond, le bonheur n'existe pas. Seule existe la conscience du bonheur. En d'autres termes, il n'y a que la conscience. Il n'y a pas d'Inde, pas de train, pas de fenêtre. Rien n'existe – et nous non plus – en dehors de la sphère de la conscience. Alors pourquoi, me dis-je encore et encore, n'allons-nous pas tout droit vers le bonheur infini et ineffable, en abandonnant tout le reste ? Il est vrai qu'il faudrait aussi s'abandonner soi-même. Mais qui abandonnera ? Et qui sera alors heureux ? Et qui est malheureux maintenant ? »

Andreï s'assoupissait et il ne comprenait pas vraiment ce qu'il lisait : les mots grimpaient les uns sur les autres pour former devant ses yeux des constructions géométriques complexes. Il referma le livre.

– Andreï, susurra Piotr Sergueïevitch, qu'est-ce qui te ronge ? Bois un bon coup.

– Merci, mais je n'en ai vraiment pas envie.

– Comme tu veux.

Andreï se coucha sur le dos et étudia pendant un long moment le plafonnier qui dispensait une faible lumière.

– Piotr Sergueïevitch, finit-il par demander, vous êtes-vous déjà demandé où nous allons ?

– T'as des problèmes ? s'enquit Piotr Sergueïevitch en mâchant un reste de nourriture. Crache dessus. Ce n'est rien. Une de perdue, dix de retrouvées. Va aux wagons communs, tu vas t'amuser. Tu n'imagines pas le nombre de putes qu'il y a là-bas. Un wagon entier. Il suffit d'avoir du fric.

– Mais, quand même. Où allons-nous ?

– Tu ne le sais pas, toi ?

– Est-ce difficile pour vous de me le dire ?

– Non, ce n'est pas difficile.

– Alors, dites-le. Vers où, à votre avis, nous dirigeons-nous ?

– Où, où ? Tu veux l'entendre une fois de plus ? C'est clair, pourtant. Vers le pont détruit. Qu'as-tu à te bourrer le crâne avec ces fadaises ?

1

Le lendemain, le ciel était couvert. Il ressemblait, en fait, à une surface plate comme le plafond du couloir, mais sans orifices de ventilation. Piotr Sergueïevitch était déjà parti. Il avait laissé un mot au conducteur à côté des deux verres de thé froid. Andreï s'habilla, sortit la lettre de sa poche, et l'y remit aussitôt. Puis il poussa le loquet de la porte et s'assit sur la tablette. C'était le genre de chose que Piotr Sergueïevitch ne supportait pas, comme il n'aurait jamais pardonné que l'on posât les pieds sur sa couchette. Mais Andreï n'était pas d'humeur à s'arrêter à ce genre de détails.

Il ne ratait jamais l'occasion de passer quelques heures de solitude à la fenêtre du compartiment. Ce n'était pas du tout la même chose que de rester debout dans le couloir où il fallait continuellement laisser passer les gens et interférer sans cesse avec les autres. Andreï ne croyait pas vraiment l'auteur du *Guide* indien qui affirmait pouvoir s'adonner à une contemplation sereine du paysage devant la porte d'une plate-forme bourrée de gens.

Ce jour-là, le spectacle manquait de relief : à quelques mètres derrière la fenêtre, un mur d'arbres infini filait à toute vitesse. Des plantations de ce genre pouvaient cacher la vue pendant des heures et même des journées entières, et il ne restait alors qu'à regarder la bande herbeuse, entre le train et le pied des premiers arbres, et les objets qui y gisaient, jetés par les fenêtres des autres wagons de « La Flèche jaune ».

On ressentait d'abord l'impression d'observer une bouillie vert-de-gris, puis les yeux s'habituaient, et une fraction de seconde suffisait pour identifier ce qu'ils voyaient. Ce n'était pas seulement une question d'accoutumance, mais aussi d'imagination : Andreï n'avait pas le temps de voir réellement les choses, mais il reconstruisait dans sa conscience ce qui couvrait le talus, en utilisant les moindres allusions du monde environnant. De plus, il était difficile de ne pas reconnaître la plupart des détritus.

Bien entendu, les bouteilles vides étaient les plus nombreuses. En hiver, elles pointaient de la neige en taches vertes brillantes, mais, là, seul l'éclat permettait de les distinguer de l'herbe. Les canettes de bière, plus légères, étaient aspirées par le vent du train et, en général, elles tombaient tout près des wagons. Les objets les plus bizarres surgissaient parfois : par exemple, un tableau dans un énorme cadre doré émergeait d'une petite mare (Andreï eut l'impression qu'il s'agissait d'une copie sans talent des *Futurs Cheminots* de Deïneka [1]). À peu près un kilomètre après le tableau, un samovar nickelé fit une furtive apparition. Non loin de là, une grosse corneille s'était installée sur une superbe malle en cuir. Les taches blanches des préservatifs usagés sautaient partout aux yeux. Parfois, on pouvait les confondre avec de petits os, comme des clavicules, car il y avait dans l'herbe pratiquement autant d'os que de bouteilles. Les crânes étaient

1. En réalité, l'œuvre réaliste socialiste d'Alexandre Deïneka s'intitule *Les Futurs Aviateurs* (1938).

particulièrement nombreux, peut-être parce qu'ils étaient trop lourds pour les petits rongeurs et que les grands n'osaient pas s'approcher trop près du tonitruant mur jaune. Les intempéries avaient rendu certains, très anciens, blancs comme de la craie. Les plus récents gardaient encore des cheveux et des morceaux de chair. Andreï en aperçut un qui portait des lunettes où les verres brillaient toujours, et cela l'amusa beaucoup.

De nombreuses traces de funérailles récentes étaient visibles sur les buissons et les arbres : serviettes, draps et taies multicolores flottaient au vent, comme des drapeaux, en saluant la nouvelle vie qui se précipitait en avant à grand train, à côté d'eux. Il se souvint que c'étaient là les paroles d'un poète qui avait fini par se jeter la tête la première par la fenêtre de la voiture-restaurant. Il y avait également pas mal de coussins tout neufs mais déjà pourris par les pluies, très fréquentes cet été-là. Leurs propriétaires n'étaient jamais loin : ils gisaient dans les poses les plus variées, à différents stades de décomposition. Nombre d'entre eux gardaient un aspect digne même sur le remblai : les jambes à moitié pliées, un bras passé sous la tête et l'autre le long du corps. L'explication était simple : parfois, les conducteurs, à la demande des proches du défunt, liaient le corps avec une corde de manière à le faire rester présentable. Cela avait aussi un rapport avec un quelconque rite religieux.

Bientôt, des fleurs blanches fanées commencèrent à apparaître. De prime abord, Andreï les prit pour des préservatifs, puis il pensa à des fleurs sauvages mortes, avant de se rendre compte que beaucoup d'entre elles étaient enveloppées de Cellophane et gisaient à l'envers, les tiges pointées vers le ciel. Rapidement, elles furent remplacées par des bouquets entiers, puis par des couronnes de roses blanches. Andreï comprit alors de quoi il s'agissait : deux semaines plus tôt, la télé avait diffusé les funérailles de la pop-star américaine Isis Schopenhauer – de son vrai nom, Assia Akopian. Les journalistes prétendaient que, pendant la cérémonie, on avait jeté par les fenêtres deux tonnes de superbes roses blanches, la fleur préférée de la défunte. Pendant deux ou trois minutes, les taches claires, sur l'herbe, se firent de plus en plus nombreuses et larges, jusqu'à arriver à un monument funéraire en marbre, orné de sphinx d'acier. La pauvre Isis, déjà pas mal gonflée à cause de la chaleur, y était enchaînée. Sur les bords de la pierre s'étalaient quelques publicités : Rolex, Pepsi et le sigle d'une petite société qui produisait des hamburgers végétaux au goût purement américain. Deux petits chiens s'affairaient là. L'un d'entre eux tournait le museau vers le train et aboyait en silence. L'autre remuait la queue : un long objet rouge bleuâtre pendait entre ses mâchoires.

La culture mondiale arrive chez nous avec un grand retard, pensa Andreï.

Le mur végétal ne s'interrompit que le soir, alors qu'il faisait déjà sombre. D'abord, les arbres se firent moins nombreux, plus clairsemés, puis de grandes clairières apparurent, et, enfin, un champ s'ouvrit soudain, traversé par une route. Quelques maisons de briques s'étiraient près d'elle. Leurs volets étaient grands ouverts et les fenêtres ressemblaient à de grands trous noirs. Une église blanche, étonnamment belle, comme un bras levé vers le ciel, avec une croix penchée à son sommet, voguait au loin au milieu d'une forêt.

Un long quai vide apparut : Andreï remarqua furtivement une prothèse dentaire qui gisait solitaire sur la surface bétonnée, à côté d'une perche surmontée du rectangle d'acier vide qui avait contenu, jadis, le nom de la gare. Quelques pans d'une palissade en béton, derrière laquelle s'entassaient des grillages rouillés, filèrent rapidement avant d'être dissimulés par un nouveau mur d'arbres. Ceux qui croyaient aux hommes des neiges pensaient que ces plantations étaient destinées à empêcher les regards et les pensées des passagers de pénétrer trop loin dans leur monde.

On frappa à la porte et Andreï sauta de la table.

– Qui est là ? demanda-t-il.

– C'est Abel, répondit une voix de basse. Tu es là ? Sors, on distribue les draps.

Lorsqu'Andreï se décida enfin à décacheter la lettre, la nuit était définitivement tombée. Il détourna les yeux de la fenêtre derrière laquelle le mur d'arbres se confondait avec l'obscurité, sortit l'enveloppe de sa poche et l'ouvrit. Elle contenait une feuille à carreaux soigneusement détachée d'un bloc. Quelques lignes y étaient écrites à l'encre :

« *Dans le passé, les gens débattaient souvent de l'existence de la locomotive qui nous tire vers l'avenir. Il leur arrivait de diviser le passé entre celui qui était à eux et celui qui ne leur appartenait pas. Mais tout est resté der-*

rière : la vie va de l'avant, et eux, ils ont disparu, comme tu peux le constater. Et qu'y a-t-il dans les hauteurs ? Le bâtiment aveugle, derrière la fenêtre, se perd dans la houle des années. Il faut avoir la clé, et elle se trouve entre tes mains. Alors, comment la trouveras-tu et à qui la présenteras-tu ? Nous avançons sous le cliquetis des roues et sortons sous le post-scriptum grinçant de la porte. »

Il n'y avait pas de signature. Andreï relut la lettre, la tourna et la retourna entre ses doigts, la plia et la fourra dans l'enveloppe. Ensuite, il se coucha sur sa couchette, éteignit la lampe de chevet, et se tourna vers le mur.

0

Il y avait quelque chose de bizarre derrière la fenêtre. Andreï n'avait jamais vu rien de tel. Le train traversait une ville. Il roulait sur une estacade de faible hauteur, séparée des rues par des grilles en fer. Des feux innombrables brillaient : les réverbères le long des chaussées, les fenêtres des maisons, les phares des automobiles. Mais le plus étrange, c'était qu'il y avait des gens. Beaucoup de gens. Ils se tenaient près de la grille et, lorsque la fenêtre d'Andreï passait devant eux, ils se mettaient à remuer les bras et à crier gaiement. Il devait y avoir une fête, en ville. Tous ceux qu'il voyait avaient l'air gai et insouciant.

À la fin, Andreï, fatigué de sentir sur lui une telle quantité de regards, se leva et sortit dans le couloir. De l'autre côté du wagon, la sempiternelle chaîne sombre d'arbres s'étalait, et il en fut soulagé. Le couloir semblait bizarre : le sol était couvert d'une épaisse couche de poussière, les portes des compartiments étaient grandes ouvertes, et l'on y voyait les carcasses de fer des couchettes que l'on avait enlevées. Andreï s'étonna d'abord et ressentit même le frisson de la peur, puis il se souvint que, à part lui, il n'y avait personne dans le train et se calma. Il eut envie de relire la lettre et prit dans sa poche l'enveloppe pliée en deux. Le texte, naturellement était le même :

LE PASSÉ EST LA LOCOMOTIVE,
QUI ENTRAÎNE DERRIÈRE ELLE L'AVENIR.

IL ARRIVE QUE CE SOIT, EN PLUS, LE PASSÉ
D'AUTRUI.

TU VOYAGES EN TOURNANT LE DOS
ET NE VOIS QUE CE QUI A DÉJÀ DISPARU.

POUR DESCENDRE DU TRAIN, IL FAUT
UN BILLET.

TU LE TIENS DANS TES MAINS,
MAIS À QUI LE PRÉSENTERAS-TU ?

En regardant attentivement ces lignes, Andreï se retourna vers la porte de son compartiment, posa la main sur la poignée et remarqua soudain un post-scriptum au bas de la page, une brève note en petits caractères qu'il n'avait pas remarquée auparavant, peut-être parce qu'elle se trouvait derrière le pli de la lettre.

Au même instant, il comprit qu'il ne se trouvait pas dans le couloir vide du train, mais qu'il était couché sur sa couchette et rêvait. Il commença à se réveiller, mais pendant le moment insaisissable où il revenait à la réalité, il eut le temps de lire et de mémoriser la phrase, ou plus exactement de retenir les mots qu'il avait vus en rêve : ils avaient un sens tout à fait différent qu'il ne pouvait pas emporter dans le monde habituel, mais qu'il eut le temps de saisir.

« PS : Tout le problème vient du fait que nous partons constamment pour un voyage qui s'est terminé dans la seconde précédant notre départ. »

Andreï alluma la lampe de chevet, reprit la lettre et la relut. Elle ne contenait aucun codicille. Là où il avait vu la phrase du rêve, il n'y avait que quelques marques peu visibles, comme lorsque l'on gribouille une feuille avec un stylo marchant mal, pour faire couler l'encre.

Quelque chose n'allait pas. Quelque chose s'était passé pendant son sommeil. Andreï se souleva de la couchette, remua la tête et comprit soudain qu'un silence étourdissant régnait autour de lui. Les roues ne faisaient plus de bruit. Il regarda dehors et vit une branche immobile aux grandes feuilles noires dans le carré de lumière qui tombait de la fenêtre. Le train ne bougeait pas.

Le couloir était comme d'habitude : la lumière brillait et il sentait le tabac. Mais le sol était absolument immobile, et Andreï se rendit compte qu'il marchait en vacillant. La porte du compartiment de service était ouverte. Il jeta un coup d'œil à l'intérieur et croisa le regard du conducteur qui se tenait immobile devant sa tablette, un verre de thé à la main. Andreï ouvrit la bouche pour demander ce qui se passait, mais la referma aussitôt en comprenant que le conducteur ne le voyait pas. Sans doute devait-il dormir les yeux grands ouverts. Cette idée venait de le traverser, lorsqu'il aperçut un phénomène bizarre dans le verre de thé que tenait l'homme : un morceau de sucre y était suspendu, immobile, tout comme la chaînette de bulles d'air à laquelle il avait donné naissance et qui le reliait à la surface.

Il comprit alors ce qu'il fallait faire. Il s'approcha du conducteur, mit précautionneusement la main dans la poche de son uniforme et lui prit sa clé.

Sur la plate-forme, il se dirigea vers la portière et inséra la clé dans le trou rond. Elle ne s'enfonça pas profondément à cause de la poussière accumulée au cours des années, mais il parvint à la tourner. La porte s'ouvrit en grinçant et des mégots pétrifiés, enfoncés dans ses interstices, tombèrent par terre. Andreï se dit qu'il devait retourner dans son compartiment pour ramasser ses affaires, mais comprit qu'aucun des objets entassés dans la valise, sous sa couchette, ne lui serait d'aucune utilité. Il descendit sur la marche de fer striée, et regarda dans le noir. La nuit était infinie et calme. Un vent chaud venait de ses profondeurs, saturé d'une multitude d'odeurs inconnues.

Il sauta sur le remblai. Ses pieds avaient à peine touché le gravier qu'un sifflement d'air comprimé résonna derrière lui. Une seconde plus tard, des grincements se firent entendre en provenance du soufflet entre les wagons. Le train se mit à bouger et prit progressivement de la vitesse. Andreï recula de quelques mètres et contempla « La Flèche jaune ».

De l'extérieur, le train ressemblait en effet à une flèche luisante de feux électriques, lancée par on ne savait qui, on ne savait où. Andreï porta son regard sur le point où apparaissaient les wagons, puis sur celui où ils disparaissaient : des deux côtés, on ne voyait rien, à part le vide sombre.

Il se détourna, et se mit à marcher. Il ne savait pas où il allait, mais ses pieds foulèrent bientôt une route asphaltée qui traversait un large champ. Une bande claire apparut dans le ciel, à l'horizon. Comme le tintamarre métallique des roues, derrière son dos, s'estompait, il commença à distinguer clairement des bruits qu'il n'avait jamais entendus auparavant : la sèche stridulation de l'herbe, le bruit du vent, et le son étouffé de ses propres pas.

Un train peut en cacher un autre

Au moment où Viktor Pelevine écrivait sa *Flèche jaune*, je me souviens d'avoir assisté, presque par hasard, à une réunion du Conseil des ministres consacrée à la pagailleuse situation des transports ferroviaires au sein de la Fédération de Russie postsoviétique. Comme tous les actes politiques de cette période – et même d'aujourd'hui –, la séance offrait un curieux mélange de protocole bolchevico-brejnevien et de logomachie néo-capitaliste. Finalement, le ministre de tutelle, qui parlait encore de planification et de « mobilisation du secteur industriel concerné », fut vertement tancé par le premier vice-Premier ministre Oleg Soskovets, venu au micro pour reprocher au malheureux bureaucrate de « ne rien comprendre à l'économie de marché », sur un ton rappelant étrangement les règlements de compte politiciens au défunt Politburo…

C'est ce monde chaotique, fait d'une contradiction à la minute et d'une cacophonie au mètre, que traverse *La Flèche jaune* du jeune (33 ans) écrivain Viktor Pelevine, ce train métaphorique baptisé ainsi en hommage gouailleur à l'un des fleurons de la technologie soviétique, la *Krasnaïa Strela* (« La Flèche rouge »), l'express qui relie Moscou à Leningrad-Saint-Pétersbourg. Comme tout Russe qui se respecte, Pelevine est fasciné par le mouvement, la traversée de larges espaces – combien de chansons folkloriques dédiées à la « steppe sans limites » ! –, la vitesse prometteuse d'un toujours « plus loin, plus loin ! », pour reprendre le titre d'une pièce de théâtre fameuse de l'époque gorbatchevienne. Mais avec deux particularités : d'abord ses études d'ingénieur aéronautique, spécialité très prisée au temps de l'URSS, qui lui ont donné une place privilégiée pour constater que le système soviétique se mourait justement de ne plus avancer, d'avoir perdu le « mouvement » ; et ensuite sa volonté d'écrire sur son temps, sur cette transition trouble entre Russie soviétique et « nouvelle Russie » à laquelle la plupart de ses collègues n'ont pu ou voulu jusqu'à présent se confronter.

En Occident, où le sort des dissidents littéraires de l'URSS a pris une résonance non étrangère à une obstination anticommuniste viscérale, on n'a souvent pas voulu voir que l'intellectuel, l'écrivain, était aussi un grand privilégié de ce système. Doté d'importants avantages matériels, choyé par un pouvoir obtus mais aussi remarquablement matois, l'Intellectuel soviétique – son statut lui valait bien une capitale – a vu sa place sociale totalement remise en cause par l'effondrement de l'URSS, même si rationnellement il avait pu le souhaiter. En général, les écrivains ont eu deux types de réactions face à ce cataclysme : ou bien s'indigner de l'assaut de vulgarité commerciale, du culte du Veau d'or induit par l'irruption du capitalisme sauvage, constat indéniable mais insuffisant ; ou bien s'absorber dans une relecture – souvent grand-guignolesque – de l'histoire pour essayer de comprendre « comment nous en sommes arrivés là », et se détourner d'un présent cahotique.

Viktor Pelevine, lui, y plonge avec fureur. Son train bringuebale sur les rails de l'Histoire, on y croise une humanité en route vers tout et n'importe quoi. Au pays du Transsibérien et des projets ferroviaires mégalomaniaques de Staline – qui a vu de ses propres yeux l'acier tordu par le froid de la ligne du Yamal, abandonnée après avoir tué tant de ses ouvriers, n'a pas besoin des imprécations anticommunistes des soviétologues occidentaux pour comprendre la nature du régime stalinien –, sa métaphore n'a rien de gratuit. Encore récemment, les indépendantistes tchétchènes avaient signifié à Moscou qu'ils étaient las des harcèlements du « centre » en attaquant la ligne ferroviaire qui passe au nord de la Tchétchénie…

Les adeptes de littérature comparée risqueront qu'avec sa *Flèche jaune* Pelevine devient le frère slave d'un Paul Théroux dérivant sur le *Great Railway Bazaar* ou de l'éternel voyageur Bruce Chatwin. Dans l'Encyclopédie *URSS* publiée à Moscou en 1979, l'article « Transports ferroviaires » commence ainsi : « De 1913 à 1977, la charge transportée par voie ferroviaire a augmenté 43,6 fois, atteignant un volume 2,7 fois supérieur à celui de la charge transportée aux États-Unis. »

L'idéologie soviétique, à bien des égards, est le chant du cygne de la fascination européenne envers la prouesse industrielle. Les trains postsoviétiques sont vermoulus, surveillés par des gardes stipendiés, mais conservent leurs petits rideaux, leurs tapis bigarrés, leurs tasses à thé ouvragées. Et c'est dans ce bric-à-brac kitsch qu'un univers entier fonce vers un nouveau millénaire.

BERNARD COHEN

Vie de Viktor Pelevine

Viktor Pelevine est né en 1962, à Moscou. Il a été électronicien et journaliste. Salué par le *Times Literary Supplement* comme l'un des meilleurs écrivains satiriques de la nouvelle génération d'auteurs post-soviétiques, ses œuvres ont été publiées dans les grandes revues littéraires russes (*Znamia*). Il a, par ailleurs, reçu le Booker Prize russe pour son recueil de nouvelles *Lanterne bleue* (non traduit en français).

Ses romans et récits ont été traduits en français, anglais, allemand et japonais. Deux de ses livres ont été publiés en 1995 en France : *Omon-Ra* (Austral) et *La Vie des insectes* (Le Seuil).

Mille et une nuits propose des chefs-d'œuvre pour le temps d'une attente, d'un voyage, d'une insomnie…

Derniers titres parus chez le même éditeur

55. Montaigne, *De l'amitié*. 56. Mark Twain, *Le Journal d'Ève*. 57. Anton Tchekhov, *La Dame au petit chien*. 58. Charles Baudelaire, *Conseils aux jeunes littérateurs*. 59. Sade, *Français, encore un effort…* 60. Dante, *Vita Nova*. 61. Giacomo Leopardi, *Éloge des oiseaux*. 62. Paul Verlaine, *Femmes*, suivi de *Hombres*. 63. Vladimir Nabokov, *Bruits*. 64. Guillaume Apollinaire, *Le Roi-Lune*. 65. Joseph Conrad, *Le Compagnon secret*. 66. Cicéron, *L'Amitié*. 67. Philip K. Dick, *L'Orphée aux pieds d'argile*. 68. Montesquieu, *Éloge de la sincérité*. 69. Raoul Vaneigem, *Avertissement aux écoliers et lycéens*. 70. Lorris Murail, *La Méthode albanaise*. 71. Clifford D. Simak, *Mirage*. 72. Pa Kin, *À la mémoire d'un ami*. 73. Oscar Wilde, *Aphorismes*. 74. James Graham Ballard, *Le Massacre de Pangbourne*. 75. H.G. Wells, *Le Nouvel Accélérateur*. 76. Étienne de la Boétie, *Discours de la servitude volontaire*. 77. Michael Moorcock, *Souvenirs de la Troisième Guerre mondiale*. 78. Hermann Hesse, *Mon enfance*. 79. Raphaël Confiant, *La Savane des Pétrifications*. 80. Jonathan Swift, *Modeste proposition*. 81. Les Proverbes de Salomon. 82. Edgar Poe, *La Lettre volée*. 83. Lautréamont, *Poésies*. 84. Eric Ambler, *L'Ennemi intérieur*. 85. Jorge Semprun-Elie Wiesel, *Se taire est impossible*. 86. Fernando Pessoa, *Ultimatum*. 87. Honoré de Balzac, *Sarrasine*. 88. Denis Diderot, *Supplément au Voyage de Bougainville*. 89. Niccolò Machiavel, *Histoire du diable qui prit femme*. 90. Prosper Mérimée, *H.B.* 91. Viktor Pelevine, *La Flèche jaune*. 92. Léon Tolstoï, *Ainsi meurt l'amour*. 93. Voltaire, *Catéchisme de l'honnête homme*. 94. Villiers de l'Isle-Adam, *Le Convive des dernières fêtes*. 95. Goethe, *La Nouvelle*. 96. Benjamin Tammuz, *Le Verger*. 97. René Descartes, *Les Passions de l'âme*.

Pour chaque titre, le texte intégral, une postface, la vie de l'auteur et une bibliographie.

Achevé d'imprimer en janvier 1996,
sur papier recyclé Ricarta-Pigna par G. Canale & C. SpA (Turin)